Oito do Sete

Oito d

Cristina Judar

o Sete

Copyright © 2017 Cristina Judar
Oito do Sete © Editora Reformatório

Editores
Marcelo Nocelli
Rennan Martens

Revisão
Marina Ruivo
Marcelo Nocelli

Imagem de capa
Foto de Maira Reis (2015)
Klausberger Roman Antiquitätenhandel & Restauration
(Viena – Áustria)

Design e editoração eletrônica
Negrito Produção Editorial

Dados Internacionais de Catalogação na Publicação (CIP)
Bibliotecária Juliana Farias Motta (CRB 7-5880)

Judar, Cristina
    Oito do sete / Cristina Judar. – São Paulo: Reformatório, 2017.
    152 p.; 14 x 21 cm.

ISBN 978-85-66887-30-3

    1. Romance brasileiro. I. Título.
J9100   CDD B869.3

Índice para catálogo sistemático:
1. Romance brasileiro

Todos os direitos desta edição reservados à:

EDITORA REFORMATÓRIO
www.reformatorio.com.br

Oito do Sete
Ou com o anjo da imanência

NESTE LIVRO, Cristina Judar cria personagens que se movem por uma dobra interna do tempo para o espaço. Aqui, a interioridade é um mito híbrido. Uma espécie de Proteu-Medusa que congela não o Outro, mas uma unidade imanente do tempo e a converte em paisagens que se movem para um campo de entreterritorialidade. Este campo, por sua vez, se metamorfoseia em uma dimensão de extraterritorialidade através da linguagem.

Com a leitura deste romance, sentimos que existem potências de dentro em permanente colisão com os estilhaços do mundo, eles gravitam no espaço além-memória, nas zonas hexadimensionais. Essas potências são evocadas por este livro para compor uma música com a imponderabilidade do mundo – e devolver a ele os seus estilhaços.

Podemos nomear esta potência como uma outra emanação, também evocada por William Blake, Dante Alighieri e Rilke. O que Cristina faz aqui é perceber nesta potência movimentos de imanência, quando os estilhaços se misturam à nossa memória.

MARCELO ARIEL (Poeta nascido em 08/07)

09 Magda
63 Glória
109 Serafim
137 Roma

Magda

Com o dedo feito um condão de fada, eu tentava segurar o céu e guiar as estrelas, naquela condição de ser que acaba de chegar à vida como se alcança a morte, meio sem graça, sem fala, descalça e levemente úmida. As notas do punk rock, por mim conhecidas anos depois, ditaram o que eu seria logo nos meus primeiros instantes, eu como o único ser – vista pelos olhos do meu pai entre outras microexistências embutidas em casulos de mantas herméticas – com um braço pra fora e o rosto arranhado por uma unha até então considerada inofensiva num mundo de mimos direcionados às criaturas recém-nascidas; meus gritos ecoaram nas luzes, paredes e corredores do Hospital Matarazzo, naquele quarto de boas-vindas pra este casulo maior chamado São Paulo. Meu pai gostou da diferenciação: havia, na ira do meu gesto, uma parcela de revolta e poesia, o que foi satisfatório, considerando a concretude que é o nascimento de uma filha.

Tremeu o galho da grande sequoia no pátio externo da maternidade.

Um, dois, três, quatro. Em poucos acordes, descobri os melhores cantos da casa pra exercer minha germinação pessoal. Era nas tardes que eu me deitava na cama grande e observava figuras no teto, coisa que as outras crianças fazem ao olhar para o firmamento e imaginar bichos feitos de nuvem. Naquele meu céu de cimento e irregularidades, de tinta respingada e seca, eu reconhecia rostos, naves espaciais, furacões, unicórnios. Eu era um pouco como o escritor, que vê o universo inteiro numa folha de papel em branco.

E daí até arrumar as melhores palavras para, nelas, fazer caber tudo o que existe, o esforço necessário antes de se chegar ao extrato das coisas – o que chamam de literatura.

Dessa minha contemplação suspensa, migrei para os subterrâneos da cama, num mundo de segredos divididos com minha boneca de cabelos loiros artificiais e pele dura demais. Dali, parti para as andanças no cavalo de vime em formato de cadeira, os tiroteios simulados do seriado *As Panteras* e as interpretações à la novela televisiva. Nesse tempo, as músicas de minha mãe eram igualmente minhas, havia muitos discos, encontrei uma capa de Roberto Carlos em P&B, providencial pras necessidades do meu momento: foi quando o Rei ressurgiu entronado, de batom nos lábios, sombra azul e blush marcado, numa época em que nem se pensava em pessoas trans. Minha pop art feita com lápis de cor.

Pra minha surpresa, sua voz continuou masculina, apesar de todo o make up.

Perto de casa, eu corria ao som de *Eu sou terrível* no meu terreno de insanidades, num solo baldio de matos e esconderijos, vestida conforme o papel do dia: formiga, apresentadora de TV ou dona de casa. Eu cozinhava bolos imaginários e dava origem a monstrinhos com asas que Verônica (a filha loira e dura) me ajudava a digerir. Como uma deusa Kali mirim, eu era a devoradora das minhas próprias criações. À noite, o personagem que vivia debaixo da minha cama assumia várias formas e insistia em colocar a cabeça pra fora, fosse como vampiro, minotauro ou cangaceiro. Eu pensava que queria ser chacrete, pensava na Gretchen dançando, só assim conseguia dormir. Minha maior revolução – a infância é um tempo de revoluções em sequência – foi quando, na TV da sala, descobri Fred Mercury, o Queen todo, no clipe de *Crazy Little Thing Called Love*. Aquelas cenas e sons deslocaram o meu entendimento sobre o que era a vida. Eu quis ser aquela moto, eu quis ser aquelas notas e aquelas baquetas, tomar parte naqueles esfregas, usar couro negro como calça, eu na canção, a canção em mim.

Mãe entrou na sala. De tudo, mãe sempre soube. Assim que mãe desligou a TV, saí da infância como um rojão que sobe ao céus a 150 quilômetros por hora.

É DIFÍCIL convencer alguém sobre o que eu vou contar, mas quando olhei pela janela da sala de espera, a cor do céu era mais artificial do que a da caixinha forrada de veludo azul que eu trazia. Eu me sentia como uma mulher-concha, detentora de uma pérola gerada no meu interior, mas a mim desconhecida. Mantive-a próxima ao peito, a caixa deveria estar livre de qualquer ameaça.

Os tique-taques das salas de espera são mais irritantes do que qualquer outro tique-taque, eles aumentam o vazio típico desses locais, enquanto pressionamos nossos traseiros contra a padronagem desregrada de seus sofás.

Momento mais chato e desconfortável: eu não tinha como abrir a caixa, descobrir o que havia dentro, o laço seria desfeito. Chacoalhei-a de um lado pro outro, pelo peso não dava pra adivinhar o que era, nem arriscar palpite. De anel com pedraria a pingente de chave e cadeado ou medalhinha de santo – o que não seria o ideal, a ocasião pedia corações palpitantes e desejo – mas, com a gente, tudo era possível. Nos conhecemos num brechó, quando eu e Glória desejamos o mesmo casaco e houve um embate em frente ao balcão pra definir quem o havia visto primeiro e o amado primeiro, e, por essas razões, tinha o legítimo direito de arrematar aquele troféu de lã verde, uma joia de corte e costura sessentista, com uma gola extraordinária. Vencedora na história, topei sair à noite na promessa de que emprestaria o casaco caso ela pagasse o jantar. Depois dessa vez, foi sempre ou mais ou menos assim: ganhei jantares, emprestei o casaco, bebemos e voltamos, trocamos roupas, paguei jantares, o casaco ganhou forro novo, acabou encostado no fundo do armário – mas estávamos empolgadas por nós mesmas, o que foi o suficiente. Desenvolvemos certo fetiche por objetos e elementos-surpresa, isso era algo que nos unia. Gostávamos de comprar vasos, espalhá-los pelas janelas da casa e enchê-los de terra com sementes de árvores desconhecidas. Acrescentávamos aros de óculos, flores, pedaços de legumes, pernas ou olhos de boneca, raízes. O barato desse jogo era ver qual dessas misturinhas vingaria, e algumas vingavam mesmo, imaginávamos quais híbridos surgiriam desse útero recheado com o adubo da nossa criatividade. O resultado era um concentrado de fertilidade, às vezes nojento, mas eficaz; as plantas cresciam esticadas ou espalhavam-se horizontalmente até que a colheita pudesse ser feita – tomates selvagens, ramos de manjerona, frutinhas de tingir as vísceras, pimentas rudes, braços de samambaia desenrolados. Isso sem contar as pernas de boneca que, de um dia pro outro, surgiam descobertas pela terra. Jurávamos uma pra outra não sermos as responsáveis por essas aparições de corpos em pedaços. Só sei dizer que, naquela manhã, na loja de joias, predominavam eu, as vitrines e a minha indecisão.

Vitrines me paralisam, a vontade múltipla dos geminianos inibe a ação.

Procurei a moça do balcão e tentei aparentar alguma coerência ao explicar: gostaria que ela mesma escolhesse, secretamente, um objeto no valor que eu podia pagar, a surpresa deveria ser também pra mim. Pedido inédito, reação inédita. Ao menos para o que eu pensava ser a reação de uma moça de joalheria. Um suspiro, um olhar pra esquerda, a mão na frente da boca, seria difícil, mas ela topou. De costas, ouvi murmúrios de dúvida, esse ou aquele, como é a pessoa que vai receber o presente? Disse apenas que era mulher e moça. Fui irredutível.

RÁPIDO, passou o feixe de luz do scanner. A mágica inventada pelos homens registrou a fotografia, um retrato em branco e preto de um casal jovem, alianças no altar, véus, brancas nuvens e amor sacramentado sobre marfim. Você entre os tantos na cerimônia, com a postura de um general doce e implacável, o objetivo não foi fotografá-lo, mas só pra você a minha atenção se foi, só por você eu quis fazer a tal mágica de armazenar imagens em feixes de luz, precisava tê-lo comigo, pouco me importava se pela ciência ortodoxa ou se por obra de simples magia, você feito a correnteza de um rio invadida pelas águas da tempestade, tirando de quem quer que fosse algum destaque naquela imagem. Minha porção visionária tentou descobrir o que se passava na sua cabeça naquele momento, o feixe de luz trouxe a memória de uma noite de tempestade, ao cavalgar entre fazendas, uma árvore foi partida ao meio por um raio de fogo, você desceu de um cavalo branco como o de São Jorge, conduziu o animal até o seu destino, você todo encharcado e já com uma história pra contar pra esse alguém que era eu (ainda não existente). Novo feixe de luz de cegar meus olhos pretos, eu tanto queria que eles fossem cor de mel como os seus, assim como eu quis que nos últimos tempos você voltasse à forma e ao tamanho de um bebê e fosse envolvido pelas minhas paredes de dentro, guiado para os caminhos da morte, que assim fosse, e pudesse seguir o tal feixe de luz que, segundo dizem, marca o reinício.

A magia do aparelho criado pelos homens capturou a cena que não diz respeito a noiva, aliança, banco de igreja; é a sua foto, assim como serão todas as fotos de família daqui em diante, flashes percorrerão a galáxia a perseguir a síntese da sua vida num retrato.

O véu da noiva nos envolveu com movimentos líquidos, em câmera lenta, não deu pra entender o que o padre falou mas isso não teve importância, estávamos juntos ali, eu criança, você, homem. Nenhum traço de altar, doces e rendas. Talvez a magia do feixe de luz tivesse tamanho poder, ou porque eu já me encontrasse um pouco cega (luz demais faz mal a qualquer um), ou fossem os seus olhos doces que na foto pareciam ser como os meus, eu só quis dizer que eu dispararia todos os flashes do mundo e em todas as direções, por magia ou pela ciência dos homens, para que você, iluminado, pudesse tornar-se novamente visível a esses meus olhos tão escuros, pai.

No chão de esterco e relva molhada senti o umedecer da nuca.

Formigas passeavam ligeiras pela minha relva capilar, traçando destinos.

Mirei os céus de nuvens e fundo cromaqui invadido por copas verdes e frutos ainda mais. Inspirada pelas rotas dos insetos, eu queria vaguear com minha moto pelas estradas daquela comunidade.

Pontudas as botas, o jeans desbotado dobrado na barra, pisei duro por campos macios, cabelo meio raspado, camiseta preta com dizeres dourados, uma ponta de capim-limão triturada pelos dentes da frente.

Eu estava repleta de um sentimento prazeroso, ventos novos na pele do rosto, as formigas me desvelavam, eu desejava traçar possibilidades infinitas de ser, inspirada pela liberdade do rebelde Travis, personagem principal do meu filme preferido, *If*, de Lindsay Anderson.

Aos dezenove anos, soube o quanto eu e ele éramos feitos da mesma substância, ele personagem, eu na figura de pessoa real. Como naquela cena em que tudo fica repentinamente preto e branco mas contraditoriamente feliz, a velocidade é minha única amiga, não havia nada mais a fazer além de devotá-la como uma de suas discípulas mais dedicadas.

Ao primeiro ronco do motor, disparei em um solavanco, a rota me trouxe a impressão de estar imóvel enquanto a paisagem passava ao meu redor. Pelo canto dos olhos, captei em segundos cercas brancas e animais nas pastagens, lagos e patos, hortaliças em verdes quadrados imensos, uma ou outra casa debaixo de naves espaciais – as tais antenas parabólicas – e, puta que pariu, no bar de beira de estrada, por pouco não derrubei o cartaz que anunciava a galinhada, prato do dia.

Cachorro cor de mostarda me olhou fixamente, estendeu-se a minhoca na lajota fosca, fósforo riscado na sola da bota, bati a mão no balcão, é caninha que eu vou querer, ah, rabo de galo, tá, pode ser.

– Você é daqui da cidade? – perguntou o homem enquanto girava a bucha no copo.

– Não, mas morei aqui alguns anos. Meu pai tem uma fazenda na região.

– Fugindo da violência? – O inquérito por debaixo das lentes.

– Não exatamente. O excesso de paz pode ser mais violento do que a vida urbana. Aliás, quando canso de não ter o que fazer aqui, faço as malas e parto pra cidade.

Não tenho parada definida, é como se eu vivesse, de fato, em trechos espalhados por vários cantos.

– Também canso de ser um só e de estar em um só lugar. Queria ir pra lá e pra cá, e que tudo fosse duplicado – duas mulheres, dois carros, duas casas, dois cachorros.

Sorriu os dentes amarelos de tártaro e mazelas, incisivos.

Um naco de torresmo me fez balbuciar que eu apenas não pretendia ter raízes num só local, essa coisa de vida dupla já era com ele.

Partido o torresmo, me lembrei de um sonho no qual eu perdia todos os dentes, eles simplesmente amoleceram e caíram. No desespero, me ajoelhei no chão pra catá-los, como se assim pudesse solucionar alguma coisa. De olhos abertos na escuridão, custou um tanto pra eu cair em mim, até que, enfim, caí.

Do lado de fora, o cachorro descontrolado, o dono do bar nem aí com os latidos, não dava pra ouvir o que ele dizia, sua boca mastigava palavras silentes. Na pausa do ruído externo: – ... até de avião veio gente pra cá, alguns estacionaram naquele terreno descampado ali atrás, apontou, toalha no ombro/ Hã, quem veio pra cá de avião?/ O povo da cidade grande, pra assistir a menina cantora do orfanato das freiras/ Nunca ouvi falar/ É cega e canta desde pequena, uns nove anos, a pobre sabe todos os sucessos/ Ah, ótimo.../ Ouve um trechinho da gravação de Pequetita/ Não, tenho pressa/ Então participe do sorteio, ela precisa gravar um CD mas as freiras não têm como arcar com a despesa, o prêmio é aquele urso ali de pelúcia, da prateleira, se tiver filha ou sobrinha.../ Nem uma (último gole), nem outra (copo no balcão)/ Mas compre um cupom, não custa ajudar, dois reais e não se fala mais nisso/ Vai, manda/ Escolha um número: treze, dezesseis, quarenta e quatro/ Treze/ Boa sorte, o resultado sai daqui a pouco, vai esperar?/ Qualquer coisa liga pra avisar, tá aqui o número, meu nome é Magda, quanto devo?

Barulho seco veio da entrada, o cachorro latiu mais, furioso.

Boas tardes/ Como anda, seu Bastião?/ Bem, obrigado, manda um bife a cavalo/ Solta um bife a cavalo/ Eu impaciente/ Ficou nove e cinquenta tudo/ Pago com uma nota de dez e pego o troco em balas, passo pela porta, a moto agora virada no chão, quem empurrou se não havia mais ninguém...? Bastião. Volto pro bar, o homem com a cara enterrada no prato, rasgava o bife a cavalo, você viu quem derrubou a minha moto?/ Agarrou o garfo, não vi, não, unhas de graxa/ Então quem derrubou, quem será que derrubou a porra da moto lá fora?/ A cabeça (ou o rabo) da minhoca levantou-se/ Não sei, moça, e fala baixo que aqui ninguém é surdo, acontece, deve ser o vento, ele olhou pro dono do bar e pro zíper da minha calça, pra minha cara, desde quando mulher se interessa por moto?/ O vento, foi o que você disse?/ Os dois homens riram.

Na adolescência, eu usava a cor roxa como forma de contestação, como aliada nos momentos de dificuldade – apesar do meu esforço em apagá-los dos meus fundilhos da alma, eles vinham à tona em ciclos. Na blusa que cobria o uniforme escolar, nas unhas sobre o encosto do banco da igreja. Tudo muito roxo e vibrante, enquanto eu procurava a saída com os meus olhos de kajal preto. As freiras, de suas bocas espumantes de tesão virginal, perguntavam o que havia de errado comigo, eu não agia de acordo com os princípios da igreja, daí os episódios de coação legítima, as reuniões na sala da diretoria, suas vozes repercutidas nas paredes, os solenes móveis regados a lustra-móveis. JC arfava no crucifixo, as freiras nunca saberiam o que era carregar o peso do mundo no peito, perguntavam a razão de tamanha dispersão e desinteresse nas aulas, um caso amoroso talvez, eu a querer arrancar-lhes os olhos, mandar-lhes às favas, socar-lhes os órgãos e ser o que eu quisesse ser.

O vento batia, os homens riam/ O vidro de conservas arremessado em Bastião/ Tá louca?/ O vaso de flores atirado na freira/ Ovos de codorna pelo chão, olhinhos voltados pra todas as direções/ Agarrei o crucifixo de JC/ Vou chamar a polícia, mulher macho filha da puta!/ Bastião coberto por um manto de vinagre e cacos/ Chamem o segurança!/ Minhas unhas roxas riscaram o ar/ Chama quem quiser, seu cuzão do caralho/ O hit *Santa Igreja*, das Mercenárias, soava na minha mente/ Rasguei a pele da freira/ Parti como quem matou alguém/ Bateu a porta/ Gritos às minhas costas.

Levantada a moto, o motor rosnava, esmagada a minhoca, eu queria voltar pra cidade o quanto antes, queria voltar a ser o que eu era antes, quem mandou ir praquele fim de mundo do caralho, não havia mais formigas em mim, as árvores assombrosas e verdejantes, corri pela estrada, os olhos de Travis às minhas costas e um sorriso de lábios rasos, o resultado: número treze.

O pior é que havia espaço na moto pra carregar aquele maldito urso de pelúcia.

FAZÍAMOS parte de um clube de casais gays que se encontravam pra ter relações sexuais hétero, como quem se reúne em confrarias pra beber uísque ou fumar charutos. Estávamos necessitados de variação nos papéis, afinal, as coisas depois de alguns anos podem ficar entediantes. Amigos e confidentes, queríamos a experiência pela experiência, mas que ela nos levasse pra algo maior. Na primeira vez em que fui até aquela casa, passamos pelo portão que dava num pátio e pra entrada principal: uma parede de vidro corrediça, aberta. No meio da sala – a casa era de um amigo de swing de Jonas, que, por sua vez, era casado com Rick – e, com eles, eu e Glória partimos pra essa experiência. Glória era a que estava mais à vontade, eu sabia do seu passado com homens, ela se viraria bem. O combinado entre nós quatro era o seguinte: ninguém sairia do quarto sem que houvesse um único gozo compartilhado e consumado, coisa de irmãos-amigos mesmo, solidários uns com os outros.

O hit da banda Ambrosia, Biggest Part of Me, *determinava o clima lounge vintage pré-foda, como se estivéssemos* em uma concha acústica e cada nota determinasse em nós um certo sentimento.

Drinques e shots, Martinis, Curaçau Blue, Malibu. O bloco de gelo precisava ser desfeito, daí a necessidade de nadar em águas quentes. Foi entre um trago e outro que me senti enevoada, incapaz de pensar em desejos a serem realizados via contato sexual. Vazia de instintos, eu flutuava numa corrente mezzo-espiritual, embora ali tenha iniciado mil e uma conexões físicas tecidas em fios de saliva. A cama era o nosso mar, nele eu afundaria até me encontrar. Talvez o meu duplo me enfrentaria nas transparências profundas, em um frenesi face to face pra que eu, finalmente, me sentisse narcísica e satisfeita. Por sua vez, Glória portava o tridente de Netuno, já imersa nas investidas de Rick, o homem-sereia. Ele teve suas profundezas tocadas em um rito necessário pra que finalmente se compreendesse e, com Glória, trocasse fluidos. Tudo parecia correr tranquilamente pro meu lado, já que a venlafaxina somada ao álcool e a certas baforadas me tiraram o senso de posse sobre o corpo de Glória e suas vontades, que, geralmente, passavam pelas minhas pra que então adquirissem o status de livres.

Jonas é contrabaixista, ele estava ao meu lado, em um mundo paralelo à pulsação vinda de Glória e Rick, ambos submersos em torrentes de espasmos. Com os dedos rápidos, Jonas simulava acordes no ar enquanto eu preparava um Kir Royal. Livre do barzinho de vidro fumê, sentei ao lado de Jonas e disse e aí?, apontei pros seres marítimos em plena investida oceânica, Jonas pôs a mão no rosto, eu pus a mão na sua calça de vazio e bolhas, ele riu, somos gays demais pra isso. Fui ao banheiro.

No meio de tantas águas, meu kajal preto precisava de retoque.

No clipe *The Goonies 'R' Good Enough*, Cindy Lauper mostra isso muito claro, o acessório na panturrilha, eu o desejei com todas as forças, os homens o usavam antigamente, as meias masculinas não tinham elástico, era preciso algo pra segurar. Cansei de pedir pro meu pai, não houve jeito: ele não encontrou ou não teve paciência de procurar o meu presente.

A descoberta da cinta-liga masculina é algo inesquecível na vida de qualquer mulher.

GANHEI UM peixe laranja comprado na feira, transportado num saquinho. Voltar pra casa carregando um ser vivo em uma partícula de oceano era emoção demais. Os peixes de sorte tinham como destino aquários com algas artificiais e motorzinho de soltar bolhas. Já o meu teve a moradia resumida a uma travessa de vidro oval depositada sobre a mureta da área de serviço do prédio de três andares, numa vida de extremo risco, sujeita às intempéries. Em minhas visitas ao primeiro e festejado, único e último animal de estimação, eu procurava mimá-lo, dedicada mãe mirim a fazer chover grânulos nutritivos nas águas turvas da travessa de assados. O peixe não durou sete dias, mas pra minha mãe ele ainda estava ali: se não em carne, em espírito. Naquela área de serviço, lamentei sua morte, enquanto, entre os pingos das roupas penduradas no varal, Maysa cantava *Caminhos Cruzados* no rádio. Chorei por Tupi, o peixe, e por Ricardo, o menino da minha classe com cara de índio que eu amava e que um dia seria meu marido.

O amor perdido, pras crianças, é coisa de fazer o coração sangrar, mas os adultos se esquecem disso.

Ao todo, eles possuem seis asas. Cabeça alongada, olhos puxados. Expressão de quem está acima das nuvens, corpo de quem provoca chamas.

Eles circulam por aí, em bares de praças. Eu mesma estava num bar de praça quando me encontrei com um deles. O lugar tinha sido um antiquário, repleto de esculturas de neon e quadros de cavalos empinados, um jukebox com CDs furta-cor e um sucesso de Carlos Santana, *Black Magic Woman*. No fundo, uma prateleira de cachaças nos sabores pequi, limão, jabuticaba, goiaba ou rosa. Fui de energético.

Serafim entrou, ele não tinha gênero. Circulou entre as mesas como se ter ou não um gênero fosse coisa sem importância. Sua porção mulher tinha se esvaído, embora mantivesse algumas marcas no olhar e na lisura da pele, que, segundo as Escrituras, pode queimar quem dela se aproxima. Sua porção homem, igualmente apagada, mantinha poucas pistas nas passadas e gestos compridos.

Ele chegou à minha mesa e disse olá. Eu respondi com um olá de quem não sabe o que dizer. E de quem tentou, por tempos, enquadrar um serafim na categoria pessoa, o que era uma imbecilidade. A análise do cardápio foi providencial, serviu como escudo uns instantes, eu precisava esconder que havia feito essa descoberta. Eu estava acabada por saber que Serafim não é pessoa e, obviamente, precisava dar um fim a todas as minhas expectativas.

O quiche veio frio e emborrachado, Serafim disse estar cansado da vida e das redes sociais. Uma de suas amigas, imagina, compartilha o dia todo vídeos do padre Quevedo, que desmistifica levitações e paranormalidades em geral. Um saco só, uma obsessão. Outra delas postou que o povão não compreende linguagens artísticas complexas, como se o estômago de um pobre não tivesse capacidade pra digerir faisão; só salsichas, enlatados e nuggets. A televisão não anda muito diferente, respondi. Como no caso do pastor country, em seu culto-programa ele obrigou uma obesa mórbida, com vestido de oncinha, a correr o púlpito de ponta a ponta, assim ela provaria ser a representação de um milagre de JC. Eu e Serafim, saudosos de nossas crenças antigas, falamos sobre os xamãs da América do Sul, as sinfonias das galáxias, o sacerdócio florestal, os ilês, os nomes secretos de mais de quinhentos deuses, a importância dos mensageiros, dos conspiradores e dos geradores de instintos.

E falamos sobre o amor como se chega a uma praia deserta.

aquele que é oposto/ aquele que é irmão/ aquele que é parte
faz do ar cama para suspiros múltiplos: eu, sem fôlego para sequer ser
luzes da fala/ luzes da escrita
vozes-palavras em silêncios: fenômeno comum
vidas cheias vidas ocas/ elas vivem, mas não em mim
deixo-o jorrar rumo aos meus oceanos/ não sei se afogo ou boio
sua natureza irregular é a minha natureza/ novo ser que constrói e destrói em areia
maré de fuga me faz desistir adiante/ ele me olha com uma foice
filho gerado por mim, em mim/ sede sua/ amor.

Concluímos que em relação a esse assunto não existe consenso. Serafim deu um fim no quiche, repetiu estar cansado, deu adeus e desapareceu entre as mesas.

Areia e sal. Mel, água e ouro solar nos envolviam linda e prontamente. As solas dos nossos pés pisavam em surpresas, muitos eram os desníveis velados pelas ondas rasas. Exalávamos luzes. Nossas almas estremeceram com as surpresas que nos traziam os desníveis. Era um fim de tarde. Nossos óculos de mulher-aranha repercutiam televisores de cinquenta polegadas na areia da praia.

Os olhares de mulheres biônicas devem ser meticulosamente protegidos dos olhares que nunca os compreenderão, ou seja, os de 99% da população.

Mulheres magas e más, inocentes e boas talvez, mas, por resistência e necessidade, extrema necessidade, magas e más. As bolhas brancas e salgadas dos mares me fizeram lembrar da infância: no meio da sala de visitas, no meio dos anos setenta, eu fazia bolhas de saliva com a boca. Meus ímpetos artísticos foram exibidos desde muito cedo para uma plateia enojada, calada e indefesa diante da menina de chiquinhas e olhares, a filha da dona da casa. Caminhamos mais um pouco, numa orla que se estendia do Pacífico Sul, seguimos adiante sem definição.

Se somos feitos dos quatro elementos encontrados em tudo o que há no universo, não tínhamos por que fixá-los a apenas uma direção: oeste-água, norte-terra, sul-fogo, leste-ar; nem tem como seguir essa convenção neopagã, somos mel e areia, cintilantes com o passar das horas, nossos hálitos sopram no tempo e nossos ombros são largos. A (de)limitação é coisa para os fracos.

Era uma viagem de final de semana. Um horror de movimento, trânsito num infinito semicircular, contidos os vômitos, sujeira e concretos armados deixados pra trás, assombradas as minhas costas largas de arraia que jamais nadou, a parada no posto de axés, pastéis e vasos sanitários travestidos de moradia pra moscas e seus baby-eggs. Quando chegamos, nada foi muito diferente, os mantimentos guardados nos armários, uma enxaqueca de verão sobre lençóis que descobriram o frio na pele até a dor passar, pontos de bolor no colchão, asa de borboleta no chão do boxe, pasta fria e compacta com molho rosé na panela, flutuantes os sacos espalhados, logotipos de supermercados populares ao vento, palito de picolé no cinzeiro, violão encostado. Das conversas na varanda após o jantar, dos reflexos dos copos às chamuscas sobre a mesa de concreto, fixamos olhares nas luzes que os habitavam.

Secamos piadas até que o sono, a bobeira, a bebedeira de pinga com limão deu arrego aos machos de shorts, eles calaram suas línguas e arregaçaram nas redes xadrezes.

Ficamos a sós. Eram tantas as estrelas sobre a minha pele que me senti em um filme em 3D. Ou elas desceram. Ou fomos nós que subimos. E sentamos na calda de um cometa, como naquelas imagens antigas da Atlântida. Dissemos tantas coisas, brilhamos conforme as dizíamos, sentimos nossos corpos e espíritos, demos luz a milhares de seres e a espaços sem nos darmos conta disso, novas constelações foram condensadas, sóis escorregaram pelo firmamento fúcsia, buracos negros engoliram e foram engolidos, vias lácteas percorreram seus trajetos. Plenas de leite e da música das esferas, demos início ao Dia da Revolução nos Céus. De tanto existir e de gerar, de criar e reinventar, adormecemos extenuadas acima do mundo. Amanheceu. Dos degraus da varanda da casa à praia era um pulo. A consagração no mar. Até que o sol se pusesse, éramos mel e areia, sal e água; havia galáxias aos nossos pés.

Quando me dei conta, não havia mais nada. Não que nada mais houvesse, mas o que eu via e sentia estava, de certa forma, às avessas. Era como se, ao olhar através de um aquário cheio de peixes, algas, musgo e movimento, eu procurasse distinguir, com nitidez, as coisas e pessoas que estavam do outro lado. Meus nervos eram como as cordas de um violão sem uso, eu me sentia um híbrido de humano e réptil, a pele repuxada e dolorida, imaginei se eu estaria coberta por escamas, se passara a habitar o reino das águas claras. Com os sentidos mais nítidos, captei cores antes invisíveis, tonalidades que pareciam determinar o destino de todas as coisas.

Assim como o vento, que muda o trajeto de uma folha pelas vias invisíveis do ar, sem considerar se a folha assim o deseja.

E havia o som. Um ruído agudo de início, depois um momento de pausa, como o instante entre inspiração e expiração. Após esse intervalo, surgiram as notas musicais, uma sinfonia que embalou meu espírito e trouxe uma impressão forte de déjà vu. Imersa na melodia, que me bateu como um flash de complacência pra quem se encontrava em situação como a minha, me dei conta dos outros humanos que flanavam numa determinada direção. Digo flanar, pois o ato de caminhar, como nós o conhecemos, essa coisa de pés que se alternam invariavelmente, não se aplicava àquela forma de deslocamento. Seus pés permaneciam paralelos e imóveis, mas algo os movia adiante, como uma passarela de aeroporto. Todos pareciam cegos para o que havia externamente, envolvidos em bolsas transparentes, não de líquido amniótico conforme a minha primeira impressão, mas de lembranças que resultavam em projeções de imagens nas paredes internas das bolhas. Eu também tinha minha própria esfera com uma abertura no alto, possivelmente para a entrada de ar. Por esse buraco, que expandia e contraía sem se fechar por completo, eu vi um céu de nuvens carregadas. Entre elas, escapavam raios azuis que me feriram as vistas. Obediente a algum comando de origem inconsciente, projetei no interior da minha bolha imagens da minha infância, a cadeira-cavalo, a boneca de plástico, mímica em sessões, striptease. Elas logo foram substituídas por episódios doloridos, como a doença e a morte do meu pai. A dor e a revolta resultantes dessas cenas retumbaram na minha bolha como uma trovoada reprimida por séculos e liberada repentinamente pelo deus Odin. Senti uma pontada no estômago e uma forte náusea antes que estilhaços da minha esfera voassem pra todos os lados, como uma imagem de copo de vidro espatifado e projetado no ar em milhões de partículas. Foi quando tudo o que eu havia projetado quis voltar para o seu local de origem. Aquela matéria de ordem emotiva invadiu o meu cérebro como agulhas finas e, de tanta dor, pensei que ia morrer. Ao contrário dos homens ao meu redor, eu não seguia pra lugar nenhum, eles passavam por mim como se eu fosse uma holografia. Em uma reação instintiva, caí de joelhos. Havia um pulsar abafado, parecido ao que se ouve do lado de fora de uma porta de boate no sábado à noite.

Então, o branco invadiu tudo.

O branco do sentir, algo diferente do que seria apenas uma constatação visual.

Fechei os olhos e, no frio dominante, um clarão repentino me fez duvidar se um dia eu voltaria a enxergar. Ouvi gritos, risos, o som de uma pancada, duas pancadas.

Rick, Glória e Jonas arrombaram a porta do banheiro e me tiraram do chão, eu estava ensopada.

Quando eu e Glória entrávamos em período de cheia, estabelecíamos regras, limites de permanência em certos cômodos da nossa casa ou um tempo determinado pra cada tarefa, numa tentativa de trazer ordem a algumas coisas, já que outras não podiam ser controladas ou medidas pelos ponteiros do relógio, como os nossos ímpetos de agressão e de subversão, por exemplo. Nosso acordo de cavalheiras teve sua funcionalidade por um período, ao menos pra nos iludir de que não éramos duas fagulhas do sexo feminino com um poder de destruição altíssimo, embora, à mesma medida, fôssemos extremamente frágeis.

Assim vivemos os nossos dias, que também eram de calmaria no decorrer de outras luas, e de criações minhas no ateliê da casa, enquanto Glória executava suas alquimias ou nos alimentava.

Nesse tempo, eu e Glória vestíamos casulos home-made. Dávamos forma a expressões antes invisíveis daquilo que éramos. Minhas roupas nos ajudavam a ser e era isso o que eu tinha a fazer pelo mundo. Uma força de filantropia me incendiava, trazia visões de asas, auras, caudas, irradiações. Eu era mais do que uma estilista, mas uma Teresa de Calcutá de coturnos e sári negro, uma incubadora em forma de pessoa, estufa propícia à criação, eram diversos os tipos de brotos nascidos de minhas raízes fashionistas e tecelãs. Eu queria dar forma à humanidade sem contornos. Achava esse meu princípio nobre e lindo. Por sua vez, e o que já era demais, Glória contentava-se em ser mulher.

ACIMA DO prato, o sinal da cruz três vezes e uma oração murmurada. Dela submergiam algumas palavras, talvez correspondentes ao número de bolhas (que simbolizavam os olhos invejosos) sobre a pessoa a ser benzida, Jesus, céu, Maria, anjos, pecados. Palavras sagradas ou malditas, as gotas de óleo que brotavam n'água indicavam o nefasto; ou o óleo que, se diluído, significava a redenção.

Na ausência de cerimônias, a mulher nascida na Calábria executava suas práticas de feitiçaria na cozinha, em um prato no qual horas atrás havia servido o almoço do marido. Na louça despejava água da torneira, sobre essa mesma água, um fio de óleo.

No interior da cozinha do sobrado de vila, observávamos a formação dos círculos concêntricos, tormentas de um mar em microescala que revelavam a verdade, obedientes às palavras da italiana de fé e de serviços ocultistas. Suas orações cortavam o mal, pelo menos até a minha próxima visita, já que, neste mundo, tudo que não é do bem dá um jeito de ser mais forte. A magia era confirmada quando água e óleo acabavam misturados: a ausência total de esferas comprovava a presença final de Deus.

A única coisa que a benzedeira pedia em troca era um vidrinho de esmalte vermelho-cigana, seu único fetiche.

A CARTA continha o que mais parecia ser papo furado de Serafim. Segundo ele, um texto de autoria desconhecida em um papel dobrado, encontrado no interior de um livro sobre combates aéreos entre moscas e libélulas:

Tanto já se falou sobre isso,
mas não posso deixar de abordar esse aspecto corriqueiro até, mas ainda pouco compreendido do amor, que, por essa razão, é aprisionado numa cela úmida e quente da alma e nunca esquecido. Constituído pela ocorrência de forte correspondência mental e ocasiões de riso fluente e irrepreensível, quando dois amantes navegam num rio de completude mútua, quase de fraternidade, vulgarmente classificado como o encontro de almas gêmeas. O que não se trata de uma premissa, mas, na maioria dos casos, afeta pessoas com relacionamentos já estabelecidos e bem-sucedidos – condição intensificadora dos dilemas e conflitos inerentes à situação. Abafada, a voz deste prisioneiro soa em nossas vísceras, chuta as grades de suas celas, condenando-nos à prisão enquanto nos sonhamos livres. Os ousados,

que tentam realizar as possibilidades concretas desse amor, percebem após um período de descontrole, que por vezes é confundido com a felicidade, a impossibilidade de levar a situação adiante. Abruptamente forçados a se distanciar por alguma ocorrência externa e inexplicável, passam a viver apenas como uma lembrança remota no sótão do coração do outro, condenados a se encontrarem em raros e difusos sonhos de curta duração e, pior, passíveis de serem esquecidos. Os mais antigos contam ser essa a maldição do Mago Valcony, pertencente à ordem dos Quatrocentos Cavaleiros do Sul, que, no ano de 109 a.C., teve a infelicidade de ter sua então noiva, Catharina Mirnna, roubada por um mouro detentor de três esposas, pai de 45 filhos. O conteúdo trágico da história deve-se, igualmente, ao fato de Catharina ter deixado uma carta instantes antes de ser levada, na qual afirmava amar o estrangeiro como nunca antes em sua vida e até estar disposta a vestir o pesado manto da desonra fugida. Enfurecido e circundado por sete velas negras de chamas rubras, o mago proclamou as seguintes palavras: qualquer pessoa afetada por semelhante identificação com outro alguém seria condenada ao aprisionamento de seus sentimentos, seja pelas leis dos homens, pelas leis da natureza ou pelas leis da magia.

 E assim tem sido, desde então. Estudiosos e místicos tentaram descobrir se há algum registro sobre como a maldição pode ser quebrada. Até a data presente, nada foi descoberto.

Oito do sete: a data anunciada para o fim de toda a água. Na cidade, no país, nos corpos, em todos os poços, nos olhos. Parou de chover, assim. De caírem do céu os líquidos. Seríamos espasmódicos e peixes no asfalto. Não teríamos mais como aguar os nossos vasos ou enterrar pedaços de bebês de plástico pra ver no que poderiam dar. Nossas aberrações plantadas não nasceriam mais, não germinaríamos o que nossos corpos não eram capazes de germinar. E não boiaríamos mais no oceano do sexo heterossexual. Nem quebraríamos o gelo com águas quentes. Nada de Kir Royal ou Martini.

Seríamos meio que personagens de O Ensaio sobre a Cegueira, *só que cegos de torrentes e de marés.*

Iríamos a mercados saqueados, descabeladas e de casacos. Entraríamos em filas quilométricas de banheiros químicos, teríamos estoques de xampu a seco, lutaríamos por gotas e, pra isso, deitaríamos até as águas que corriam em nós. Mas Glória não lutaria. Não verteria suas próprias águas. Ela havia sido mulher de forma diversa à minha. De um mundo de crenças no esgotamento de recursos, especialmente os dos outros. Na sua criação maternal, havia um sentido de amor relacionado aos homens. Às águas vertidas por eles. As mulheres as engoliam. Nutridas, como emergidas, brancas, de uma piscina de leite. Amadas, e apenas por fazerem isso. Talvez pela referência a mamilos e seios de mãe (ou a visão de circunferências riscadas no gelo de quem patina), eram operadoras conscientes do milagre de alteração dos fluidos para os estados sólido, líquido e gasoso. Nebulosas; das putas, eram filhas. Dos homens, dos quais engoliam os resíduos, eram mães. Ela e as mulheres de sua comunidade. Quando a conheci, Glória emergia em mim, afundava em si. Maléfica e maré. Nos decodificávamos em sinfonias, assim fazíamos sentido, amantes, manas mansas. Até que com o fim da água, nossa casa perdeu as bordas. Rompeu-se o elemento que nos fazia duas. A cerca de expansão. Em um jato único, fui devolvida à areia seca.

Eu queria estampar a minha alma, de verdade. A afinidade com o ramo têxtil sempre me fez acreditar nessa possibilidade. E que as estampas fossem móveis, optativas, de acordo com o estado de espírito do meu senso estético. Apresentar as cores e formas que eu quisesse, com fazendas e chitas, lurex ao invés de rivotril, paetê no lugar de amitriptilina, e daí por diante.

Um carnaval de interiores, fogos-fátuos, pepitas, lapidações, floradas inteiras a visitar meus cantos desconhecidos. Oferecendo diversão a um mundo de bílis e movimentos peristálticos. Maus humores dissolvidos em ouro e prata craquelê. Queria combater amarguras enraizadas com cetim e purpurina. E umas ilustras finas pra sambar por dentro, mesmo que fossem uns rocks velhos.

A grife Frankie and Einstein nasceu depois de uns rabiscos num caderno, eu usava giz e lápis pra apresentar minhas mirabolâncias juvenis, pra dar lugar ao que me assombrava noite e dia pelo fato de ser presente demais e já não caber no meu interior largo, mas dado a limites

– e, por essa razão, insuficiente. Daí a necessidade de expelir o que estava estagnado, pois isso poderia me matar, decerto. Ganhei meu primeiro metro de tecido, que mais parecia um manto de cobrir o mundo, tão sem fim. E botões pra pregar os olhos, zíperes pra cerrar línguas, bainhas pra domar lábios insistentes nas aberturas, rendas e colchetes de libertar a castidade. Eu os usava com perícia de instrumentadora cirúrgica, dominatrix magnânima em meu reino de apetrechos e simbolismos aparentes. Aos quinze anos, não ganhei festa, só exigi uma grande estreia, as bonecas todas nuas assistiram ao meu desfile no quarto das roupas e acessórios que um dia cobririam seus corpos. Aplaudida, ovacionada, tremeluzente, naquela noite demorei séculos pra dormir.

GLÓRIA E Rick foram a Roma. Jonas nunca mais tocou baixo. Desci aos céus baixos e voltei. Rick descobriu-se artesão. Jonas mudou de foco. Glória pediu pra enviarem dinheiro do Brasil. Corri à cidade em busca de um imóvel. Jonas começou a freelar em um jornal quase falido. Rick voltou a fumar em espaços fechados. Eu não sabia em qual candidato votar. Rick fez um curso gratuito de design de interiores. Jonas conheceu um menino lindo no Grindr. Glória correu a cidade pra vender as obras do Rick. Voltei a andar de moto. Jonas experimentou ser ativo na relação. Rick provou uma nova droga. Conheci uma mulher no litoral. Glória mandou Rick se foder. Jonas descobriu que o cara era michê. Rick começou a ter insights. Ao beijar outra boca, fiquei melhor do que esperava. Jonas quis ir adiante assim mesmo. Glória visitava museus, sozinha. Rick pintou óleos e aquarelas. Decidi viajar pro interior. Jonas ficou esperto. Glória conseguiu emprego numa livraria. Jonas foi assaltado. Reconsiderei morar com alguém novamente. Rick foi valorizado por um marchand. Glória não deu certo no emprego. Jonas foi promovido a editor. Comprei um toca-discos. Rick saía quase toda noite. Glória começou a fazer faxina pra pagar o aluguel. Jonas mandou mensagem pro Rick. Rick perdeu o celular. Encontrei um apartamento. Glória teve cólicas fortes. Jonas saiu com cinco caras em duas semanas. Fui a uma festa com meu casaco de pelúcia. Rick topou um ménage com o marchand e a esposa. Glória teve uma hemorragia. Engordei alguns quilos. Jonas recebeu mensagem do Rick. Rick ganhou uma boa grana. Glória foi internada às pressas. Jonas voltou com a banda. Comecei a faturar com a nova coleção. Glória talvez estivesse grávida. Rick chamou Jonas pra tocar em Roma. Jonas entrou de férias. Arrematei uma luminária de vidro, um vaso de acrílico, um sofá de borracha e almofadas felpudas. Jonas partiu. Rick aguardou sua chegada. Glória se fodeu. Mudei de casa.

Ao entrar na casa noturna, a impressão era a de sentir as contrações, as umidades, os odores, os volumes de uma vagina-cenográfica-corredor feita de molas, espuma e sacos plásticos vermelhos que, numa expulsão justa e sofrida, dava numa pista de gelo seco e laquê, na qual góticos atiravam talco uns nas caras dos outros enquanto desfiavam os cabelos em reciprocidade. Minhas criações fashionistas vestiam quem circulava nessas zonas e bueiros de Bela Lugosis paulistanos. Eu não ganhava muito por isso, mas tinha a chance de circular pelo único banheiro unissex e multifuncional da cidade. Numa atmosfera que só existia na madrugada, ouvíamos a trilha sonora de um mundo que a gente raramente vê, mas sabe que existe. Ou vê apenas como uma impressão, em um processo que não envolve cílio, íris ou globo ocular. Também não era nada parecido ao que se diz por aí, algo sentido com o coração, como se ele fosse um órgão superior aos outros, uma espécie de JC entre os santos.

Não éramos afeitos a hierarquias, o que valia era como você flanava por aquelas regiões.

Veias de um mesmo sistema orgânico, obedecíamos aos mesmos ritmos e nosso objetivo era o da expressão absoluta do que nos habitava, sem juízo, perdão, concessões ou favores. Eu tinha 26 anos e precisava de alguém que me atasse os fios. Eles eram tantos que não compunham uma narrativa ou trama decifrável, apenas meio traçados caminhos. Nessa época, não havia glória, apenas vazão.

Fui pra um apartamento de quarto e sala, ele me dava a impressão de usar apenas uma parte do meu corpo pelo fato de todo o resto estar adormecido. No início, era difícil me locomover com tantos limites. Em contrapartida, havia janelas em profusão, eu vivia com as narinas abertas e os radares atentos pra possibilidade de ser metade ar, metade pessoa. Em noites intercaladas, eu dormia no chão. Queria a ilusão de ter diversas possibilidades e ambientes disponíveis. Depois de certo tempo e ao contrário do que pensei, a restrição de espaço trouxe amplidão. Eu vivia como nômade nos meus 45 metros quadrados de área útil.

Naquele local, eu estava propensa a ter miragens e experiências sensoriais de ordem sintética, precisava estar cercada por coisas feitas de náilon, plush, crayon, poliéster, ou seja, nada que a partir de suas entranhas pudesse originar uma nova vida me interessava, só o que era estático e criado pelo homem. Eu queria ser como um objeto montado em fábrica, com etiquetas e dispositivos elétricos interiores, desmontada apenas quando fosse chegada a hora de entregar as minhas entranhas pro fim da vida. Sentido, apenas de peça que se encaixa em outra peça, nada de líquidos ou de carnes flamejantes. Passei a ser messiânica no meu imediatismo de ordem mecânica. No meu apartamento, minha organização estava exposta em uma previsibilidade inquebrável, era travessa sobre travessa, jogo americano emborrachado, conjuntos de copos plásticos, todos empilhados rumo ao teto.

Algo que, longe de ser caracterizado como frieza, otimização de ambientes limitados ou excesso de praticidade, simbolizava a minha forma particular de alcançar os céus.

GLÓRIA verteu sangue em Roma.

O que não foi por nós ou pela falta d'água no mundo, mas porque era preciso botar-se pra fora: as camadas indesejadas de uma carne dolorida e oculta, uma carne de caverna, um incômodo de músculos e fibras que, não necessariamente, dizia respeito a uma nova vida em formação. Não acredito que ela tenha gerado algo dentro de si, como um filho. Matou sim, muitas e repetidas vezes, e precisava expelir esse resíduo não vascularizado, símbolo do seu potencial para o extermínio e resultante único dos seus atos.

Dela, morri. Passei a viver perambulante e transformada em uma. Entre nós duas não havia mais cordão e foi isso que as águas escorridas de suas pernas quiserem dizer. Glória permaneceu fragmentária enquanto escolhi continuar inteira. Água e óleo não mais harmonizados em círculos concêntricos.

Notas musicais chinesas evocavam nuvens bordadas. E a porcelana das mulheres-pássaro, voadoras na passarela, sobre tamanquinhos. Eu estava em Nova York pra apresentar minha coleção.

Preguei no céu do Brooklyn mapas referentes aos meus desejos. Todas as vezes que eu voltava à cidade, conferia quais deles eu já havia alcançado.

Fui ao loft de Hong Shu: lá era um tanto quanto Soho rules (naquela época um bairro roots e meio perigoso). Human League, com sua *Fascination*, ditou o clima de neon e blush pink-punk nas maçãs do nosso rosto, eu e Hong Shu ornamentadas com ombreiras de ângulos retos feito pombais. Pirei no som, desci do loft, chutei umas latas, gritei na calçada, perdi a chave, quis a seda da chinesa, enrolamos uns, deixamos o clima late eighties ainda mais cítrico e quadriculado, tomamos chai latte, no dia seguinte seriam feitas as provas, perdi o táxi, fiz uns sketches com figuras de alienígenas trans, tudo pintado de roxo e preto com crucifixos quebrados, num cenário de freiras obsessivas e gueixas-sufi mascaradas. Meu segundo desfile foi inesquecível. De volta ao loft, Hong Shu riu quando perguntei se ela um dia vestiria quimono. As fendas no chão da cidade de Nova York emitiam aquela fumaça branca semelhante à (1) que anuncia a erupção dos gêiseres, (2) que envolve a barca que transita pelo entremundos.

Com saltos finos, estilhacei os espelhos do chão que mais pareciam poças, indecisa na definição entre o que era piso e firmamento. Feitos de chuva fina os meus pensamentos e de espuma escura as horas avançadas, despedaçada caminhei por squares repletos de vidas humanas atrás de janelas.

Na existência que foi e na que seria, traguei, bipartida, a fumaça.

Era preciso oferecer preenchimento branco e leitoso ao buraco chamado alma.

Soou o aviso, o trem a caminho de casa aproximou-se sob a tutela de um homem de boné e com as solas dos sapatos secas.

OI
Eu!
Conta
Puta loucura
O que foi
O Rick
E aí
Loco, tá rico, brigou feio com a Glória
Bem feito, eles moram onde
Não moram, cada um foi pra um lado
Não se falam
Não
Caralho
Foda, nem fala
Mas e aí
E aí que eu tô aqui
Para de rir
É que é demais, o Rick tá em um apê que um cara paga pra ele, na faixa total
Mas como
Come o cara e a mulher do cara

Que puto
Filho da puta, isso sim
E você tá aonde
Nesse apê, mas tô saindo
Mentira
Sério
Vai ficar aí quanto tempo
Sei lá, quero agitar uns shows antes de voltar
Mas e aí, tá no love
Médio, mudou tudo, nem sei
Putinho
Te amo, vem pra cá
Nem fodendo
Só fodendo
Sua bicha
Acabando o tempo, me liga amanhã
Vou tent

Glória

Vista da janela, Roma poderia ser qualquer lugar. Até a lua ou longe de mim, a rua de casa, a sonda intravenosa que me percorreu quando virei rio e fui parar no hospital. Para esta cidade fui generosa, santa sentida de vilarejo medieval, não mais a sacrílega metropolitana de Magda. Nasci morrendo o que era necessário. Mesmo que fosse uma vida imprópria, porém, e, até mesmo por isso, vida. Desci às margens do rio Tibre, logo acima de suas barras. Com fogo acima das minhas chamas, observei sua fúria esticada pela cidade, até que me sentisse, com ela, una. Uma Madonna capenga latino-americana, donna devastada, cadela sistina, coitada policística, pobre señora de ventre esvaziado e marido sem critérios, de filhos sem corpo, filhos de massa mezzo compacta, mezzo líquida no fundo vermelho que é persistir em nada. Se à vida tivessem chegado, a eles eu serviria leite de seios e papinhas grossas, mas não mais. Sopas de batatas roxas ou tomates, mas não mais. Ou beterrabas. Eram os herdeiros de uma linhagem estéril. Uma matrona de antisseres eu me tornei. Mulher de lua nunca cheia, apenas crescentes e novas, minguantes e ausentes, no final. Não por ordem de agulha de crochê ou por negação, mas por incapacidade de dar término. A vida precisa de conclusão pra existir. Mas meus filhos não foram concluídos. Eu não me concluí. Nem rompi as minhas barreiras, não interceptei as minhas trompas, fiquei ainda mais líquida, um pouco mais do que já era. Donanna atravessou todo o quintal para chegar aos fundos, bateu à minha porta, eu precisava esquentar a água do caldeirão para a pasta da Quaresma. Demorei alguns instantes até atender. Tinha medo de, em uma dessas, evaporar, virar nuvem que só vive para correr e se transformar e jamais tem a chance de estar fixa no céu.

Rick acendia tocheiros em mim. Facas ígneas e solidificadas que me faziam meio bruxa e virada. Puta de luxo, embora a mais santa entre elas: de gostar de sentir o geladinho do lençol de cetim e ficar feliz só por isso. Sem exigir grandes somas. Apenas cenas longas, suores largos e romance, protagonizados por nossas línguas. Avessa rainha, arredia. Das rendas, bruta. Paulatina, bucólica, rata. Errada, com a autoestima às alturas (a ponto de me sentir perfeita). Eu queria estar longe do que é jovem, intenso e morre logo. Além dos encontros héteros casuais, eu e Rick precisávamos de ruínas fincadas, da fundição necessária para quem era só vento e travessia. Fomos para muito longe a fim de não reconhecer rostos, de edificar transações comerciais resultantes em nota sobre nota; não o dinheiro alheio, mas o nosso. Por causa do dinheiro, Rick quis solidificar-se. Mais do que um baseado, ofertas lhe fazem a cabeça como um dia fizeram a minha, mas vim por outra de mim, aquela que me exige em outras frequências e instâncias, em ineditismos conservadores, convencionais. Ser uma pessoa que os outros vejam como igual, diluída na multidão e a salvo, mesmo que para isso eu sangre. E foi isso o que gerei e exagerei por aqui e expus a toda essa cidade velha, plateia ultrapassada de tecidos rotos, cores puídas; do povo solidário fiquei ainda à parte, marginalizada por ser outsider sem a mínima vontade de assim o ser – e, por essa razão, por eles compreendida. Eu estava ali como a sombra da normalidade comedida, eu era um não à rebeldia, um sim ao sacrifício, digna da piedade dos caretas. Gasta e suja, eu queria ter na sola do sapato a terra do continente pisado, absorver magmas alheios, reconstruída como austera e ariana, respeitável milady. Rick vivia seu papel de travestido, de garoto do desejo, daquele que é cuidadoso ao atender desejos. Parti para os museus que me levaram a uma Roma que eu não sabia, descoberta em um estampido. Adotei uma postura religiosa diante de cada artista e de sua criação. Sem alimento e destino, eu me concentrava em frente aos quadros, lia fibras e pinceladas, até das molduras extraí o que me cabia, atravessei séculos, retive aquilo que não vivi. Eu não calculava mais os dias e períodos, mas esferas, ambientações inteiras, guerras, declinações de condes, assentimentos de damas. Vivi oito mil dias em sete. Não fui glória nem razão, apenas mulher, era isso o que eu precisava, até mais do que estar viva.

DESDE criança Magda sabia o que queria ser. Embora turbulenta na superfície, ela possui um fio condutor sem interrupções que determina o seu caminho. Magda sempre foi longa. Tem um tapete sob os pés, que ela desenrola com o passar dos anos. E desenha os fatos da vida, que dão consistência e forma à estrutura que já existe por baixo de tudo. Ela vive pra desmarcar as cartas que recebeu no seu primeiro dia de vida. Essa é a sua ocupação. Quer mostrar-se solta, flutuante, mas está em total segurança. Sabe de onde partiu, o que fazer e para onde ir. Linear assim, embora se descabele para que isso não fique aparente e faça questão de exibir sua falsa descontinuidade, um acessório ou recurso a mais, como ilhoses, pedrarias aplicadas a tecidos, bainhas e broches. Ela faz uma firula, como uma gola gigantesca de sacos plásticos sobre uma blusa de crochê que levou uma vida toda pra ficar pronta. Magda faz muito auê para pouco paranauê. Muito balangandã para pouco carnaval. Ela acredita que deve unir os pedaços de histórias em sua cabeça de forma sequenciada, para depois pegar o lápis e torná-las concretas, incluídas em um mundo de coisas palpáveis e reconhecimento. Mas só consegue fazer isso em partes, com a criação de suas roupas e a aquisição de objetos; jamais com os sentimentos, jamais com os fios tecidos entre as pessoas. Então, ela reluta. É rica, mas não sabe o que fazer com a sua riqueza. Suas ideias emergem em jatos, ela jamais tem paciência para grandes elaborações. Que ela se vire pra fazer o que bem entende com aquilo que a sua criatividade traz, e no seu tempo. Isso não é mais problema meu. Magda continua, por períodos resumidos, cheia dessas certezas que a preenchem, solidificadas como fragmentos. Magda (só) é movida por elas. Se ocupa apenas em absorver e a devolver, assim como o mar – toda a sua criatividade partida em retalhos.

AQUELE cheiro de pó vinha do bater de suas asas. Ele era jovem, mas trazias camadas de tempos. Do traço que fazia seu lábio rosado imaginei que só sairiam palavras secas, havia apenas uma curvatura leve na extremidade esquerda. Ele não ostentava máscara, mas jamais deixava vazar qualquer impressão sobre o que sentia ou pensava. Eu podia ficar horas em frente à sua figura nem triste, nem insegura, nem sacra. Ele parecia fazer parte de outro tipo de organização estética – molecular e vibracional – que os pigmentos de retratar humanos e naturezas mortas não conseguem registrar nem tornar possível. Ele não se deixa capturar, tem a aspereza das alturas. Talvez até mesmo não ame nem sinta o fogo que queima, já que, do corpo mesmo, ele o faz mais de disfarce do que de manifestação da essência. O Serafim está pouco se fodendo para nós e para o limite dos nossos corpos. Ou para as representações dos quadros. Ou para os grandes mestres das artes, todos mortos e enfurnados. Os Serafins voam. Têm asas multicores. Para que tela e tinta, resina? Parede, sala com segurança, proibição de foto com flash? Ele não está nem aí. E se eu estivesse no lugar dele, também não estaria. Ele tem seis asas: duas para ocultar os olhos, duas para ocultar o coração e duas para ocultar os pés. Isso porque eles não caminham, eles flanam. Cada par de asas é estrategicamente programado para esconder o que ele quiser, conforme a conveniência. Eles têm dessas vantagens enquanto nós tentamos retratá-los. Já foram criados com sorte. Já nasceram filhinhos do papai, os putos. Bonecos louros. Blasés nos retratos. Belezinhas aladas. E eu ali, o guarda com rádio na mão dizendo italianamente que o museu ia fechar em cinco minutos. Parti, meio puta com o Serafim, mas ia rezar pra ele quando a noite chegasse. "Ele daria um ótimo modelo de passarela", ouvi Magda dizer em pensamento.

Dois cavalos galopantes, lado a lado. Um em uma pista de lama, o outro, em uma pista de sal. Descrever o sexo hétero é um exercício de identificação de imagens capazes de representar a coisa toda com perfeição. A relação em que ele é azul, você rosa, e ambos precisam entrar em harmonia diante de tamanha discrepância; devidamente despertados os sinos de aleluias e os sétimos céus: um milagre no qual todo mundo acredita. Sempre fui honesta. Não consegui fazer esse milagre, embora tenha tentado e não foram poucas as investidas dos homens em mim, as minhas neles. Havia um interesse mútuo, o que já era motivo suficiente para tanto, mas de forma alguma isso garantiu o sucesso de uma empreitada tão difícil de ser conquistada na esfera física, quase o mesmo do que querer ter a visão da aurora boreal em plena Praça da Sé ao meio-dia. A verdadeira consumação do ato de união entre um homem e uma mulher só pode ocorrer no nível espiritual. O resto se resume a uma tentativa absurda na solitude da convivência mútua, no absurdo de querer misturar óleo e água. Foi assim com meu primeiro namorado e também com Rick, que me lembrava Antônio, que me lembrava o China, que me lembrava a Cássia. Foi aí que me rendi. E olha que eu nem queria essas aventuras hétero, embarquei por clemência a Magda.

    Até hoje não sei quais seriam os sexos dos meus bebês avessos, eles não foram formados a ponto de favorecer a identificação. Se é que eles foram bebês mesmo ou somente uma tentativa frustrada da genética em dar carne, em tornar palpável e legítima a vontade de justificar a relação entre homem e mulher, inconciliáveis em suas naturezas. A esses meus dois sonhos dei nomes na provisoriedade de seres não consumidos: Éter e Dínamo. Um dia, eu farei um álbum com todas as minhas fotos e um diário para que eles, parte sangue, parte dejetos, tenham a consciência, mesmo que idealizada, sobre mim, que sou parte cavalo, parte roldana mal encaixada na engrenagem e origem de suas vidas na não corporeidade. De suas vidas-vivas, partindo do princípio de que eles sempre retornam a mim no looping incessante do desejo único de que eles fossem meninos e deste mundo.

Os HOMENS são embarcações; as mulheres, terra para me afundar. Meus movimentos e os delas, por sua vez, construíam formas ergonômicas, nas quais eu me reconhecia enquanto ofertava e colhia. É perfeita a união entre os iguais. Responsável por manter eu e Magda atadas por tanto tempo, a despeito de nossas temporalidades. Deus sabe o que faz, minha mãe sempre disse isso. Em um mundo físico, o desejo satisfeito da carne é o sedimento da verdade, unicamente por resultar em um corpo composto, por uma, duas ou mais pessoas.

Tive um sonho ruim, aí lembrei de um sonho bom. Apenas um sonho pode ocultar outro. É providencial carregar em si atmosferas completas de sonhos tidos há dois, sete, quinze anos. Houve um deles em que as cores eram recortadas em formas geométricas. Por elas, o sol se dividia, retangular, losango, quadrangular, obtuso, beneficiando o olhar de quem não aguenta mais a circularidade dos astros. Eu poderia ficar horas naquela catedral com teto de vidro, igualmente transformada em mosaico pelo tanto de cores projetadas em mim, feita de pedaços e inteira como jamais fui antes, coesa como só os recortes de vitral acima da minha cabeça poderiam ser. O céu estava repartido em lâminas organicamente encadeadas, de forma que só uma inteligência superior poderia organizar. Aí eu não estava mais na catedral, mas no mundo, que, por sua vez, também era partido. O olho de Deus era o firmamento. Um olho gigante e de muitas cores. Eu e a humanidade éramos ultrapassadas por elas, que banhavam as nossas células e determinavam o que iríamos ser ou falar. Éramos doces robôs da natureza, mas não nos sentíamos comandadas, talvez pela extrema beleza daquilo que nos envolvia. Com as cores, nossos olhos abafavam qualquer incômodo ou suspeita de dominação suprema. Éramos simples: se é bonito, é bom. E vem do céu. E é de Deus. Estávamos maravilhadas por nos resumirmos a espectros solares e prismas. Reflexos terrenos dos anjos. Acordei com um bater de asas no meu ouvido. Era uma pomba romana, frequentadora assídua do beiral da minha janela, ela batia suas asas como se falasse pelos cotovelos, inteira em sua natureza de pomba, feita de bico e excrementos, asas e insistência: um mosaico em movimento.

SENTIMENTO é mar. Emoção é onda. Eu vi um mar pontilhado quando olhei para o teto escuro do quarto, nas luzes que escapavam pelas frestas das venezianas havia uma composição aleatória, porém fixa, nas noites que se sucediam, presença contínua naquele trecho de cimento branco. Um oceano formado por um sem-número de gotas; gotícula eu, da vida. Feliz por pertencer a algo que não pode ser contado pelo fato de já ter nascido diluído, capaz de revolver entranhas e superfície em uma só massa aquática e indivisível, sem cara, impressão digital, cabelo ou víscera. Infeliz pela insignificância de ser diminuta e dispensável. Se eu morrer, o mar não vai deixar de ser mar. Esse, aliás, é um sentimento comum quando se está cercada por coisas grandiosas e admiráveis, quando os lugares e coisas roubam o destaque das pessoas apagadas em suas peles, cabelos e digitais, empobrecidas diante das ruínas de cartões-postais. Em Roma, alguns homens estão dispostos a concorrer com sítios arqueológicos, em um embate desleal e já vencido, por isso tão gritadores, efusivos, seus estômagos carregados de paixões.

Os homens se veem como torres. As mulheres no lugar de cisternas. Crianças-pontes. De pele e carne, uma cidade. O embate entre o que foi criado por Deus e o que nasceu da cabeça do homem: uma grande bobagem de cunho catastrófico, embora não menos histórico. Estrangeira nesse cenário, nunca me quis construção, nem tampouco combatente, mas caverna, se pudesse escolher. Expeliria escuros e morcegos, seria a mantenedora daquilo que ninguém quer. Eu só não saberia dizer onde é o meu fundo, o meu término, é triste não saber onde se acaba, se em mim há abismos ou se sou rasa. Se finalizo logo ali ou lá no além. Então decidi continuar aficionada nos efeitos que o reflexo das luzes causavam em cada coisa, e não nas coisas em si. Enquanto o povo queria exibir seus corpos-edificações ao sol, eu queria a noite como situação, seus rastros na prataria, os raios azuis nos prados de alfazema, a cintilância predominante na entrada do meu eu-caverna, as reproduções das rotas marítimas entre as frestas da janela. Antes de sair para a noite, lustrei minhas botas até que parecessem dois olhos pretos.

NÃO SEI como Rick descobriu o telefone de Donanna. Mandou me chamar. Alô. Oi. Fala. Tudo. Não faço ideia. Acho que a gente não tinha liquidificador. Lógico que não. Não sei como você fez, não lembro. Eu não fiz panqueca nenhuma. Eu quase morro e você me liga para falar disso. Passei mal não, quase morri. Tá, vou fazer de conta que você não sabe e nem desconfia. A gente morando e dormindo por três meses e você nem desconfia. Tá certo. Eu que me liquedifiquei, sabia? Virei líquido. Fui parar no hospital. Usaram sondas. Me canalizaram feito um rio. Eram águas que eu não deveria ter posto para fora. Não sei se foi filho ou mágoa. Algo que eu precisava ter expelido ou se fiquei choca. Foram abertas as comportas. Uma parte de mim foi embora. Ou uma parte de nós. Dos seus líquidos unidos aos meus. Não sei se gerei gema. Ou se abortei uma grande vontade de ser normal. Não estou despejando nada em você. Aliás, se vira. Pede para o velho, ele pode comprar um liquidificador. Como que velho? Como não tem velho? E a mulher do velho? Tá bom. Faz de conta que eu não sei. Bate com a mão o que você precisa bater. Eu não sei e não tenho liquidificador. Vou desligar, a dona da casa precisa usar aqui. Não vou. Não tenho. Não sei. Não falei mais com a Magda. Não. Tchau.

Donanna, já vou tirar a pele dos tomates e dos pimentões. Me dê dois minutos, vou botar a água para ferver. Não era nada, não. Era um louco que conheci. Se ele ligar de novo pode dizer que eu me mudei. E que não sabe de mim. Melhor, diga que voltei para o Brasil. Não, era só um amigo querendo algo emprestado. Ele quer bater uma massa no liquidificador. Mas já dispensei. Eu não tenho o que ele quer. Nunca tive o que ele quer, nem o que ele precisa. Lindos esses tomates. Donanna, onde estão os limões? E o vinagre tinto? As laranjas, eu as vi, elas estão doces e às pencas. No leite, o carneiro ficará submerso para amolecer as carnes. Vamos preenchê-lo com ervas e sal. Uma cebola roxa inteira e uma cabeça de alho. Não consigo encontrar, cadê a faca de ponta?

DENTRO de uma caixinha de joia azul, eu estava no escuro. Balançaram-na para, ao ouvir o barulho do meu corpo de encontro às quinas em uma velocidade que me entontecia, tentar adivinhar o que eu era. Chave, santa, medalha, símbolo, pérola, pedra, figa, estrela, pomba. Enquanto a caixa não era aberta, eu era tudo isso e outras coisas que ninguém nunca imaginou, mas que eu sabia não serem eu. Eu vivia dentro de um coração em formato de caixa. Estava acostumada a chacoalharem o meu coração para descobrirem o que tinha dentro. Só que ninguém descobria. Eu era pequena e projetada aos quatro cantos do peito. O som de cada batida era o meu som. Eu era uma moradora de coração em desalinho. Quem mora em corações vive desalinhado, grita e chuta, quer se fazer ouvir. É meio romano, mesmo que seja brasileiro. Morar em um coração não é coisa de gente quieta nem cordata. As pessoas falam que é de coração quando querem dizer que algo é bom, mas é mentira. Para morar em corações é preciso ser insano. E nem sempre bom. Sensatos não se prestam a isso. Empresários, secretárias executivas. Conseguir entrar no próprio coração já é coisa de maluco. Primeiro, é preciso mastigar umas ervas. Depois, botar um espelho entre as pernas para estudar o melhor caminho até o recôndito do lado esquerdo do peito. Parashuters, escaladores e slackliners são nada perto disso. Quero ver é escalar as próprias entranhas. Ouvir seus sons impróprios. Não há montanha, abismo ou onda havaiana que seja páreo, especialmente quando a chacoalham. Que barco à deriva, que. Nada se compara. Naquele dia, pensaram que haviam me escolhido, mas fui eu que me escolhi. Eu queria conhecer o meu abismo e nele bater um tambor. Chamar uns corvos, uns gamos, dançar uns passos ritualizados. Só fazendo tum tum. Me dando de presente. Eu já estava do lado de dentro faz tempo e Magda nem percebeu a minha casca. O meu de dentro estava ali, no fundo daquela caixa que ela levou para casa com as mãos úmidas e o pensamento acelerado; acreditava que, ao ofertar o meu coração, entregava um presente lindo.

Depois das nove da noite, Donanna precisava de silêncio para ouvir. Ainda de avental, colocava uma cadeira no pátio ao lado da entrada da cozinha e, com a cabeça para o alto, esperava. Quando as copas dos álamos batiam, a noite desabava, ela ouvia o mar, sem nunca tê-lo visto. Contou que havia um oceano ali, bem no meio da mata. Nascido de uma pérola trazida no bico de um passarinho. Ela germinou ainda úmida e fez sua concha com a terra de Roma. Cresceu no quintal e deu em uma bétula de tronco branco. Para Donanna, a árvore tinha cheiro de mar, do qual herdou o verde e o azul para as folhas. E fazia som de onda. Nas noites de sorte e de lua grande, era possível reconhecer até o canto da sereia.

Naquela noite, Magda ia e vinha em uma imagem que se aproximava e fugia. Como a face oculta de Magda, eu queria que certas passagens da minha vida se desconfigurassem, escuras. Ao menos, deixariam de ser peso e, mesmo que surgissem aqui ou ali, não teriam o poder de me fazer sentir inerte sob uma massa compacta. Por tempo indeterminado, eu não queria mais ter noite nem fechar os olhos. Dormiria o sono das manhãs, intenso à semelhança da morte, sono esquecido, ele é um tipo de experiência da qual não se carrega lembranças.

Donnana cozinhava caldos, matava seus galos, gritava com os meninos, ouvia o seu mar. Rick reatou com Jonas, virou Netuno bem-sucedido em ser imagem de referência.

Eu, finalmente, era uma vida entre panelas, lavagens, dessalgadas, embutidos; eles desenhavam meus contornos e eu me sentia como se sempre tivesse estado ali, tão invisível quanto indispensável. Trabalhar os músculos é esvaziar a mente, um amigo meu já dizia, e eu adorava ficar inteira vazia e previsível nas horas contidas entre o amanhecer e o anoitecer. No final do expediente doméstico, terminada a janta, a limpeza, encaminhadas as demandas do dia seguinte, não era só Donanna que ouvia sons impossíveis. Meu anoitecer era um amanhecer. E tudo surgia vivo, como se para compensar as horas de omissão forçada enquanto me ocupava do plano físico. Eu também era um elemento estranho no quintal de Donanna, algo fora de contexto e alheio à história, bem no meio de Roma. Eu não tinha eixo e adotei o daquela cidade como se fosse meu. Eu não sabia que o meu centro era não ter centro.

Sonho número 1 – A passarela era de gelo e as solas dos sapatos, de borracha especial, para não escorregar. Daí virou caminho de lava seca, uns mil graus centígrados. Para esse caso, também existiam sapatos adequados. Apenas uma moça não quis calçá-los, preferiu sandálias de salto. Eu fiquei na maior aflição, mas não podia demonstrar qualquer sentimento em relação aos seres inferiores. Deveria assisti-los como diversão. Eles se equilibravam por trocados e alguma visibilidade. Na primeira vez em que entraram, tiveram que, além de exibir as roupas, executar uma tarefa. Era meio um desfile, meio um programa de calouros, meio uma arena. Leões seriam soltos caso eles não completassem as tarefas a contento. Numa condição de me dar náuseas, mas que, naquele contexto, era normal. Eu não queria estar ali, mas estava, então precisava aceitar. Para ser sincera, até gostava de estar ali, apesar da náusea. Primeira tarefa: equilibrar sobre a cabeça um abajur Loulou Tiffany (seja lá o que for um abajur Loulou Tiffany). O lustre era de vidro, o tronco era de ferro. Derrubar o ornamento, nem pensar. Quem o derrubava estava sujeito à minha decisão: polegar para o alto ou para baixo. Para que o pior não acontecesse, treinava-se antes com um galão de vinho Paranaguá, trouxa de lavadeira, lata d'água na cabeça feita com latão de óleo, daqueles usados para plantar espadas de São Jorge. Na imagem seguinte, eu e Magda não parávamos de plantar. A ponto de perder a fertilidade. Distribuímos milhares de sementes e criamos frankensteins-bebês. Morremos de tanto que plantamos. Secamos por dentro, os vasos continham um extrato das nossas mortes e da nossa vontade de sermos perpetuadas. Mesmo que com misturas, mestiçagens entre artigos sintéticos, industrializados e naturais; ninguém tinha pensado nisso antes. Éramos gênias, mas acabamos separadas: uma parte em um xaxim, outra no latão de óleo; outra no vaso de vidro, no de barro seco, no de cascalho.

Sonho número 2 – Na segunda tarefa, os pontos eram grossos, feitos por agulhas doloridamente espessas, para um acabamento perfeito: cabeça que emendava no pescoço que emendava no peito, braço no antebraço, coxas nos joelhos costurados nas panturrilhas. Entre nós, rolava a ideia de que o nudismo é uma utopia. Nós nascemos vestidos. Nus estaríamos se a alma, essa sim, estivesse escancarada. Sem roupa, tem quem seja mais vestido do que muita gente. Fora que não colava entre nós aquela história de pureza original, de um que não está nem aí pra genitália do outro. Porque se puder, vai olhar. Genitália de gente, de escultura ou de animal. Com essa nossa filosofia de destruir hipócritas, subimos na passarela para que os naturistas nos vissem com as primeiras roupas que ganhamos, ainda em gestação: a pele, protetora e mantenedora do limite do que é você, do que sou eu. A pele responsável pelo nosso espaço no mundo e por recebermos bom-dia. A nossa máscara mais bem formulada não deixa transparecer o que não deve ser conhecido. Desvia a atenção dos enfeitiçados pelas formas, sejam elas belas ou não. Quem se lembra de analisar sentimentos e grandiosidades do espírito diante de um corpo nu? Faça-me o favor, humanidade. Magda subiu à passarela, exibiu os pontos que a tornavam pessoa de carnes firmes e convicção. Cada membro costurado a provar como somos feitos de pedaços, loucos para sermos reconhecidos como inteirezas. A plateia nem aplaudiu, fixada em seu traseiro, absorta nas curvas e em suas bordas triplas. Entrei na sequência, nervosíssima, mas bem a fim de revelar a verdade para quem se acredita muito liberado na Plage Pampelonne de Saint-Tropez (ou praia de nudismo). Como se houvesse outra escolha além de nascer preso. Como se em praias naturistas fossem expostas as avalanches internas e os nossos desesperos. Agora estávamos todos sobre a passarela, Rick e Jonas mais o casal marchand que os comprou à vista: uma bonita demonstração de poliamor nos tempos do consumo. Não causamos choque, mas estranhamento por subirmos à passarela para transar de roupa, coisa que ninguém nunca tinha visto. Durante os movimentos de amor livre, a plateia temia que fosse puxado algum fio ou que alguma pele caísse, o que revelaria, aí sim, a nudez que ninguém, uma só alma desse mundo, gostaria de ver. Antes do término da apresentação, 96% da plateia já havia ido embora.

TEMEI não, tremei! O que é novo só pode nascer de espasmos. O que muda mesmo a vida não pode vir de coisa plácida, de cara de paisagem, foi o que aprendi quando me atropelei sem ter saído do chão. Naquele dia, o solo virou tormenta. Desalinhou as estruturas romanas. Moveu de lugar o mar de Donanna, atravessou os galos, arremessou as rolhas, fez o vinho deitar por terra. Das construções, todas amolecidas. Das gemas, o amarelo foi o que sobrou. Das pernas, bambas, involuntários os pés em sambas. Carnaval em agosto. Cardumes voadores, estrumes rarefeitos, gritos arremessados, medos compostos, o chão picado; a terra, garganta exposta. A lâmpada em movimento pendular, meu rosto apareceu, desapareceu, apareceu, desapareceu, entre claro e oculto. Dessa vez era o meu rosto, e não o de Magda, que ia e voltava. O piso virou um barco sob ondas fortes, eu estava em um mar. Em uma inversão de papéis, em uma crise de identidade em relação ao segundo anterior, você não sabe mais se é pessoa, peixe, ave, coroa, estômago ou coração. Passa a ser uma mistura de tudo isso, uma miscelânea atrapalhada, embora haja vantagens. Como em uma pequena morte, você volta para a vida desconcertada por não ter morrido. Catástrofes, acreditamos, são feitas para dizimar, não para dar vida. Mas elas são comandadas por gênios contrários, que amam derrubar por terra as expectativas do povo. Catástrofes dão vida até ao que já está morto. Fazem o povo tomar um prumo. Fui sacolejada em minha tumba de Roma. Em resumo, o movimento todo valeu para que eu descobrisse uma coisa: os terremotos são os orgasmos do planeta.

AQUILO que se diz em inglês sobre se colocar no lugar do outro, *put yourself in someone's shoes*, deveria fazer referência ao intestino. Colocar-se no intestino do outro, aí sim, um exercício de humildade e compaixão. O intestino é um baixo coração. O que é abjeto para o mais nobre dos músculos desce e encontra o seu lugar ali, nas vias sinuosas, onde a alquimia rarefeita de utilidades e inutilidades trabalha incansavelmente. As portas do intestino estão sempre abertas. Ele é um espaço democrático, talvez o mais democrático do nosso corpo. Livre e desimpedido, um celeiro de diferenças. O intestino é a prova concreta de que ao alto coração falta conteúdo. O alto coração só quer saber de sanguinho, delicadezas ou sofreres enobrecedores. Ele se recusa a se misturar.

Tive uma epifania logo depois de comer Rigatoni alla Pajata pela primeira vez. O prato mais antigo de Roma. Massa com molho de intestino de vitelo, cordeiro ou cabrito recém-nascido. Animal que em toda a sua curta vida bebeu só o leite da mãe. E que depois de morto é mergulhado no leite, do qual ele ressurge purificado. Apenas para que seu intestino seja usado em um molho para pasta. Se não houvesse o intestino, não haveria graça, não haveria receita, não haveria Donanna e nem mesmo Roma. Rigatoni alla Pajata é um dos pilares desta cidade. Sustenta séculos de tradição. Une famílias ancestrais, atrai turistas ao transformar um espaço físico de livre circulação, sem distinção, em coisa de paladares finos. Em terra de Vaticano e Coliseu, o Rigatoni alla Pajata simboliza a ascensão dos marginalizados. O Rigatoni alla Pajata dá visibilidade às massas. Comer Rigatoni alla Pajata é um ato político.

Certo dia, o rio Tibre perdeu a cabeça. Tio River não, rio Tibre! Ele ficou fora de si. Explodiu, rugido. Ele percorre toda a gente, que, com a sua reação, ficou um pouco louca também. O Tibre floodou. O Tibre é quase um tigre. Em Roma, é masculino e das selvas o rio de tudo o que está aqui. Nada de maternidades. Ele é masculino, o Tibre impõe-se, é determinado em sua rota, assertivo em seu papel hidrossocial. E quando ele explode, não poupa ninguém. Sempre está sujeito a cheias imprevistas. O Tibre é escandaloso e brutal. Invade aos berros, submerge os mansos. Ele teve dois bebês em seus braços e logo se livrou deles. Ele não tem a menor paciência. Ele não quer se envolver. Acha um saco ter uma cidade do lado de fora de suas margens, cidade sedenta. Ele está farto, energética e fisicamente. É muita gente chata ao seu redor. Uma gente que não para de falar. Eu vi todo mundo correr no dia em que ele deu vazão à sua cólera. Vi todo mundo chorar, o que piorou a desgraça. Resultou em uma somatória indesejada de líquidos. O rio já estava soterrado por tantas exigências humanas. O rio já estava afogado, em um desgaste só por fornecer recursos de maneira descontrolada. Aí ele resolveu dar tudo de uma vez. Que cada um pegasse sua parte de água e o deixasse em paz, ao menos por uns tempos. Só que o rio perdeu a noção espacial, que já não era lá muito boa. Ele encheu de água a boca e os pés do povo. Bambaleou as estruturas de pedra. Protelou casamentos. Desmantelou outros. Adiou jantares e evitou que cordeiros fossem mergulhados no leite. Fez das mulheres ainda mais ajoelhadas, dos rosários mais rosários. O rio Tibre não nega o sangue romano que corre em suas veias.

Donanna tem parte com Nero. Em Roma, todo mundo tem o rabo preso com ele. É como o nosso brasileiro "ter parte com o demo", só que com N e R no lugar de D e M. E um tanto mais glamouroso, mais *Divine*, mais romano. Para eles, as desgraças não podem ser discretas. É tudo Hollywoodiano. De blush marcado e toga solta, que deixa entrever as partes íntimas. Isso está nas raízes do povo, não tem como fugir. Está na fundação das edificações. Magda ia gostar daqui, especialmente pelo aspecto estético. Ricky se deu muito bem, especialmente pelo lado sensorial. Ele sempre teve parte com Nero, mais do que com o demo, embora não soubesse disso. Precisou vir aqui para descobrir, para revelar sua natureza. Nero cuida bem dos seus filhos dedicados, dos neófitos que no passar dos séculos propagam sua mensagem de desordem. É bom ser discípulo do rei do caos e com ele não criar casos maiores, ser uma cria dedicada. Discípulos de Nero adoram ver o circo pegar fogo, o grande circo romano. Tocam lira enquanto a cidade está em chamas, no sentido literal ou figurado. Eles lixam as unhas e dão uma assopradinha.

Pensam na próxima conquista, em vinganças espetaculares, no que vai ter para o jantar ou como vão queimar os filmes de outrem. Algumas pessoas adoram queimar filmes e queimam-se uns aos outros. Postados frente a frente, fogueiras espelhadas. O movimento das chamas refletido em suas íris, como aquelas fotos com excesso de flash ou os efeitos de um filme B, de vampiros com sangue nos olhos. O excesso de tragédia força tanto o nosso peito em uma certa direção que resulta em uma emoção contrária, algo que a natureza deve estimular para o alcance de algum equilíbrio. Águas vindas de sangue, lágrima ou saliva providenciam a hidratação necessária diante de tanto fogo. Lavam a aura seca e trazem marés de cheias e ressacas. Luas inteiras para mulheres médias, sejam elas rainhas, diminutas ou escravas. Nessa época eu não sabia em qual categoria eu me encaixava. Ou se eu era todas elas. Ou outras três. Remexendo nas cinzas minhas, só tinha uma certeza: eu e Magda éramos duas, mesmo que eu não soubesse para onde isso ainda podia me levar. Pela primeira vez, pensei em fazer as malas. O teatrinho romano já tinha me cansado. Donanna nomeava-se dona das minhas horas, virei uma pandora aprisionada de sua caixa, porém sem surpresa, nem vontade. Ela submergia meus fogos em tarefas contínuas, em latrinas arrebatadas, pias de louças seculares lavadas no dobro do tempo, talheres de espelho intocados sob a pena de maldição eterna. O redemoinho descia pelo ralo, mas eu não queria ir para o buraco. E, se fosse, que acontecesse em meu país. Que ao féretro ao menos seja dado o direito de escolher a terra onde se deitará. No centro de Roma, era como se eu estivesse em pleno sertão, entre as fogueiras invisíveis que povoam os ares de janeiro. Chamas nas palavras, nas línguas, nas sílabas, nos varais. Nem com toda a água do Tibre haveria forma de aplacar tamanha força de natureza ígnea, com a qual eu desisti de lutar.

Como se a lua tivesse quase o mesmo tamanho de uma janela iluminada. Assim ela pareceu na foto de uma noite que deveria ser mais um arquivo digital ou de papel, em sua natureza de garantir que determinado olhar ou cena permaneçam fixos em um mundo que se movimenta. Nós, homenzinhos sobre ele, giradores, mas de maneira alheia ao que rola, e aí ficamos nessa de querer fixar um copo sobre a mesa, secar a saliva no corpo, congelar líquido quente. Eu estava fixa no tempo com quatro alfinetes em um mural de cortiça, talvez a foto mostrasse que eu não era tão pequena, a exemplo da lua. Eu não estava parada, apenas era inconsciente dos meus movimentos. Na mesma situação do satélite da terra, tomei algumas decisões em fundo negro, branca e em suspensão. Um anel solitário de pedido de casamento. Ausente de ciclos, ou com todos eles reinventados de forma que não houvesse previsibilidade, sempre escondi meus dias vermelhos como se escondesse eclipses de sol e lua: ou seja, algo muito difícil, eu diria impossível de se conseguir, mas uma questão de honra para quem vive de maneira inversa. Talvez o espírito de todas as mulheres sirva para contrabalançar um corpo que vive em ida, volta e ida pelos mesmos caminhos, em um modelo contraceptivo igualmente previsível, uma mulher aprisionada em uma partitura de notas, sempre as mesmas, algo que é sua armadura, seu instrumento de comunicação, sua forma no mundo e representatividade. Ela quer ser livre, mas está aprisionada em um berço íntimo, em seu colo maternal. Olha para a lua com seu começo meio e fim, finada ao fracasso por ter ritmo, harmonia e melodia fixas, marés que sobem e descem e a cada dia trazem uma mulher e sempre a mesma. Uma Pietá reinventada por cada par de olhos que a contempla, mas que, inegavelmente, será uma mesma massa de tinta, cheiros, volumes e texturas em uma tela de quadro pregado na parede.

Eu vim de um clã e isso irritava Magda. Lá não havia uma ordem exata de papéis a serem cumpridos pelos membros, era tudo de ordem comunitária, associativa e cíclica. Ou seja, não havia um pai que seria para sempre e apenas pai. Assim como um plantador que estivesse restrito a essa única atividade. Havia mudança nos papéis e tarefas como havia mudanças de humores, noite e dia, sol e chuva. Você podia ser algo e tudo o mais que quisesse. Bebi leite de vários seios enquanto enroscava os dedos em diversos cabelos. Era um amor grupal, crianças grupais e uma vida de partilha. Isso é algo hippie-velho e fora de moda, mas era mesmo assim. Faltava dinheiro, mas continuava a ser assim. E, quando eu fiquei maior, já larga de corpo e de vontades, me dei o mundo. Apesar das possibilidades de vida e de relações no sítio serem quase infinitas, para uma pessoa de 20 anos era como estar em uma prisão. Caí no clichê de uma estrada, caronas, cantadas e destinos móveis, que a cada dia pareciam escapar das minhas rotas. Eu tinha um mapa de destinos mutantes nas mãos. Frequentei carros e casas de luzes diversas, fui examinada por mulheres com dentes de ouro que estabeleciam taxas, eu precisava ir com os homens e alguns eu escolhia, de outros fugia, acumulava trocos, pulseiras plásticas, truques alcoólicos para me safar na hora h, ganhei léguas à frente, deixei às costas maldições que me perseguiram noites a fio para depois me encontrar: sorte que eu me tornava invisível, era impossível distinguir o que eu era de uma aparição, mulher ou criança gerada na coletividade.

A MANSÃO só não era mais surpreendente do que a proposta de Magda de partir para as transas hétero. Não era o ato em si, nem a união dos corpos que caracterizava a grande quebra de barreiras. Só de passar por aqueles pórticos de casa-forte com a proposta de misturar nossas causas, calças e fluidos já estava resumido o grande barato da coisa. Magda caricatural na figura de mulherzinha fingida. E Rick engraçadíssimo na tentativa de ser o macho, ele acabava a noite perseguido por Jonas, despido dos disfarces e esquecido dos artifícios aos quais nos propusemos. Éramos nada convictos, uns pilantras depois dos trinta e com complexo de adolescentes. Formávamos um circo mambembe de palhaços nem um pouco convencidos de que podiam fazer alguém rir. O leito, um picadeiro para brincadeiras sexuais efetivas, tudo muito funcional, esteticamente bonito, a ponto de até gerar filhos, e só. Não havia relação, mas reações biológicas. O que praticávamos era plástico, diverso em estado, em resultado e em aparência do que estávamos acostumados a viver. O cansaço resultante do sexo natural em comparação ao mecânico é uma prova disso, este segundo exauria o nosso corpo, mantinha a alma incompleta de antes do grande ato. Como uma peça em que o ator faz que morre, mas está vivo. E se levanta assim que as cortinas são fechadas, nada leal àquela morte à qual acabou de dar vida. Ele sai andando, com cara de normalidade. A diferença é essa. Quem faz sexo hétero faz cara de normal. Crê cumprir o seu papel para o nosso quadro social. Usa pênis e vaginas, sistemas excretores, olfativos, linfáticos e oculares com a certeza de que foi Deus quem quis. Deus é quem fez assim. Dá nojo, mas colabora para a harmonia da natureza. Já mulher com mulher não pode gozar porque é outro tipo de gozo. Não pela quantidade de orgasmos múltiplos infinitamente maior. Mas porque gozo de feminino com feminino é a marginalidade do gozo. Gozo LGBT é gozo-favela, gozo-cortiço. Não é gozo quarto-sala-cozinha-banheiro-área-de-serviço. Deve ser menosprezado em sua essência. Gozo gay é gozo repulsivo. Coisa de quem não tem etiqueta. Como se a pessoa tomasse sopa com garfo. Coisa de quem corta sushi com faca. É um desajuste. Um acinte. Ao casarão, íamos para contrariar essas verdades cometendo os gozinhos mínimos dos héteros, o que fazíamos com compaixão, condescendentes dos seus prazeres poucos. Preferíamos a má fama à convenção social sobre lençóis, que, imagino, devam ser retirados da cama sempre que a relação hétero acaba para não se correr o risco de sentir na pele umidades residuais. O sexo hétero deve ser seco, incolor, inodoro e sem sabor, exceto quando se usa camisinhas aromatizadas. Nós quatro cruzávamos os limites da boa mesa, e, no ofício de fingidores, éramos péssimos. Não fazíamos prosa nem poesia. Na quebra dos gêneros sexuais, quebrávamos os limites classificatórios, estigmatizantes, exclusivistas. Desonrei minha faculdade de letras tardia honrando todos os meus mestres de cabeça, de vulva e das línguas.

[POR E-MAIL]:
Olá Glória, tudo bem? Foi o Jonas. Que passou para a Magda. Mas antes foi o Rick. Como naquela música do Chico, João, que amava Dora... Um artista que existe aí. Pensei que seria um incômodo trazer. De barro ou de pedra. O excesso de bagagem. Li "hoje é um dia esplêndido", disse o prefeito Ignazio Marino na prefeitura de Roma, onde registrou o casamento de 11 casais do sexo masculino e seis do sexo feminino.

Norma tinha os pensamentos em formato capitonê. Emitia falas encerradas em bolinhas forradas com tecido, que, isoladas, não faziam o menor sentido e não tinham graça, mas quando unidas, compunham certa padronagem, um universo alinhado ou encosto de sofá. Por isso, era preciso deixá-la falar. No mínimo por uns 20 minutos para que alguma mensagem inteligível se compusesse. Ela toda tinha uma estrutura de lobby de hotel vintage mal-assombrado, uns quadris feito assentos de poltronas de veludo, ares de mogno abatido que virou mesa de amparo para revistas virgens. Seus olhos, as vidraças que ficavam atrás desse mesmo sofá inabitado, deixavam transparecer um pouco da parte de fora e da de dentro, em uma mescla de imagens que compunham uma terceira pessoa. Norma era a terceira resultante de outras duas. Subdividida, menos em um exercício de fragmentação do que pela necessidade de, ao se exibir ao mundo em pedaços, ser livre pelo fato de não ter que apresentar uma unidade. Unidades geralmente são imutável e radicais. Bem, a partir daí dá pra desconfiar a quem Magda puxou. Norma se orgulhava de ter parido algo: neste caso, Magda. Mãe e filha capitonesas aljambradas micróbicas mictórias inexistentes inexistentes. [Pasta Excluídos]

Serafim

Ganhei a luz em uma mistura de feno e serragem e também em uma casca oca quebrada, não sei se de ovo ou de árvore; ela era cinza por dentro, dourada por fora. Outra vinda à vida aconteceu entre faixas de cores diferentes do céu, em um certo matiz de azul e violeta. Comigo não há um nascimento só, com restrição de lugar, de relações e de pai e mãe. Ganha-se a luz várias vezes em uma só continuidade daquilo que preferencialmente é chamado de existência no lugar do que definem como vida. Que, ao que me parece, já vem em fatias, já está atrelada àquilo que nasce e morre, partes soltas que encaixam e desencaixam; então, existência, neste caso, é o termo mais adequado. Nasço aqui e acolá e quantas vezes for preciso. Esse vir à tona de maneira renovada e diversas vezes, em condições diferentes, me dá uma visão de prisma para tudo, nunca unilateral. Tenho a tranquilidade de não precisar lutar por um trecho de terra, por dois pares de braços, por automóveis, sapatos. É como ser filho de tudo e ao mesmo tempo pai e mãe de tudo. Não há uma localidade específica de segurança. Sua segurança está na mutação, na leviandade das passagens, das correntes de ar. E, a cada ressurgir desses, minha capacidade de flamejar é intensificada. Arte complexa essa, já que o reino dos fogos é um dos mais intrincados e hierárquicos entre todos. Só se equipara ao das águas, para ser mais exato. Digo fogos, no plural, porque é exatamente isso. São inúmeros, infinitos, arrisco dizer, pois se reinventam continuamente. Os fogos não param de nascer. Inéditos em seus poderes aos quais nós, uma vez que somos seus manipuladores, precisamos aprender a dominar. Minha existência é, em parte, dedicada à arte de forjar chamas. De seis, esse é um de meus talentos e funções no universo. Fui criado sem ter ideia do que é a morte, só vivo para nascer. Aprendi a fingir compaixão pela finitude dos humanos, isso em mim não pode doer, não está refletido nos meus genes e no meu repertório. Posso parecer até um filho da puta, mas definitivamente não faço por mal. É apenas porque essa realidade é um som que não ecoa na minha caverna. O máximo que pode acontecer é eu estar no meio de uma empreitada e, do nada, nascer de novo, ali ou em outro lugar, desapegado. Penso o quanto as religiões são injustas com os humanos, para os quais elas não foram feitas. Obrigar um humano a seguir preceitos contrários à sua natureza é algo cruel. Percebo tudo isso quando dos humanos me aproximo, embora eu não esteja apto a sentir a sua dor, pois não tenho estômago. Por essa razão, certa farsa é necessária diante das pessoas, elas não suportam a ideia de não conseguirem emocionar um ser superior.

Quanto a mim, eu só queria que todo mundo nascesse, nascesse, nascesse, é tudo tão mais fácil. Mas eu não tenho controle sobre essa condição. Como vocês, à minha natureza sou submetido, então, que cada um permaneça onde está. Neste exato momento, vejo uns sóis nascendo ali, a noroeste. Mas isso já se trata da minha outra potencialidade, sobre a qual ainda não tive a chance de falar.

Como disse, tenho a capacidade múltipla de nascer. E de subir e descer por aí, vagueando, o que se denomina vulgarmente como: voar. Não é bem o voar dos pássaros, que planam e, prioritariamente, só seguem em frente ou traçam círculos e zigue-zagues ou rasantes. Para mim é outro lance, na já referida leveza, mas em uma dinâmica diferente. Não estou sujeito a temperaturas, pressões atmosféricas ou vento, o que para pássaros ou aviões é fator determinante e pode ser aniquilador. Para ficar mais fácil de entender, eu posso voar em todas as direções e também recuar, sem ter que obedecer a uma ordem exata e linear. É um voar subversivo, que não obedece a regras. Mais para nuvem de chuva e vapor do que para projétil. Obedeço a leis que desconheço ou que são inexistentes? Quando me questiono sobre essas coisas devo ficar com cara de distraído, o que o povo interpreta como arrogância. Basta analisar os retratos que de mim fizeram até hoje para ter certeza do que estou falando. Sorte que isso não me incomoda, não tenho fígado.

Não sei por que, cismaram que eu sou loiro. Eu assumo a aparência que eu quiser. Venho tantas vezes à vida e em formas desiguais que para isso não dou, de verdade, a mínima. É o tal desapego do qual falei. Fácil para mim, difícil para vocês. Eu compreendo o quanto. Mas só racionalmente, não sinto nada, não tenho vísceras. A questão é que vocês só veem o invólucro, que é por onde, na melhor das hipóteses, vocês deveriam terminar, e não começar. Não se interessem por um par de olhos só porque os fazem lembrar alguma coisa prazerosa ou porque, simplesmente, os acham belos. Investiguem a força que movimenta esses olhos, o que está por trás deles. Isso é algo fácil de fazer para quem nasce muitas vezes. O aparente vai mudar, mas eu e minhas especialidades estaremos ali e seremos os mesmos, dá para entender? Aí sim, tornam-se interessantes ou desinteressantes, de acordo com o seu grau de utilidade. O universo é uma grande cozinha industrial. Cada coisa está encadeada em uma rede de utilidades. E se aquele ser, independente do invólucro, for certo e funcional para você, ótimo. Se não, a despeito de olhos e sorrisos, dê o fora. Ele será útil e funcional para outra pessoa. Parta para outra e se ligue no que realmente interessa: mentes e forças motrizes. O resto é tão mutável quanto as formas que eu posso adotar na existência. Fica aqui meu conselho. E a informação sobre meu terceiro talento, o de não ter uma forma específica. As colorações do sétimo céu são de derreter as retinas, sorte que as minhas são imunes a isso. E, se for preciso, nascem outra vez. Devido ao entendimento raso deste meu talento, o povo acredita que minha natureza é próxima à dos pássaros, mas sou semelhante às plantas no que diz respeito a podar uma folhinha para outra nascer no mesmo ramo. Quanto ao sol e às suas proximidades, até eu, que sou seu conduíte, não consigo compreendê-lo. Gero raios de fogo para necessidades específicas, mas entender aquela natureza combustiva é algo que não é para o meu bico. É coisa para deuses, e olhe lá. Na escala hierárquica, estou bem abaixo, então deixo de lado.

Sobre os fogos: como citei, há uma variedade deles. Há fogos frios. Fogos-luz. Fogos-fátuos, factíveis. Ilusórios. Multicamadas. Fogos arco-íris. Circulares e lineares (ideais para lanças, espadas e flechas), fogos de matar e de endoidecer. Fogos de deixar em banho-maria e aqueles que evitam nascimentos. Fogos invertidos. Fogos sem luz. Fogos pretos. Fogos solidificados. Mais de cem mil fogos existem e se multiplicam. Nas esferas celestiais e nas vísceras da terra e nas de vocês. Eu não tenho um coração, por isso não sei o que em vocês queima. E por isso posso manipular o fogo tão bem, já que não o carrego em mim. Se o tivesse, uma parte minha seria lança em ação, eu me consumiria em uma fusão indesejada. A mim ele é alheio, não há identificação. Por isso, sou ideal para domá-lo. Não tenho desejos de a ele me fundir, pois nele não me reconheço, como fazem vocês. Por isso, o que faço é efetivo. É um raio que funciona como uma incisão que o ser afetado por ele não sente. Pois toda luz e calor do mundo estão subjugados a determinados fatos e envolvimentos energéticos. A ponto de o fogo tornar-se invisível. É aí que ele tem mais força de atuar. Um fogo que invade sem ser percebido é infinitas vezes mais potente. Se engana quem pensa que o seu maior poder reside em grandes incêndios, quando o fogo não é mais fogo, mas um extrato de resíduos consumidos. O fogo, em si, é abstração. Não pertence a esfera ou massa. Vocês conhecem uma parcela básica de certo calor e combustão que podem ser gerados por uma chama, mas o fogo, mesmo, ninguém da Terra conhece. Ele não se define em narrativas. O fogo não se reserva a palavra ou expressão.

No início havia fogo naqueles copos. E na mansão. Nas falas e nos corpos dos quatro. Fogo ácido, nos casos de Glória e Rick. Fogo frio, o de Magda e Jonas. Era um procedimento alquímico alquebrado. Começava bem, mas não se completava na harmonia dos prótons. O fogo líquido do bourbon gerava o fogo das ideias, que acendia a clareira entre as pernas, logo apagada nas marés da inversão, em Glória. Tentei interferir ao máximo, interpelei, gozei jatos de chamas na insistência, para logo ser humilhado no meu papel de forjador da humana realização. Tremi. Estive mais naquela cama do que todos ali. Para que no final restasse um mastro de gelo fincado no centro do colchão, gelo incontinente e facilmente quebrável. São inconscientes, aqueles quatro, sobre suas naturezas. Entre quatro elementos há variações infinitas, não sabem eles. E, das possíveis, escolheram a pior. Negaram o fogo-serpente de suas glândulas e espinha. Não houve subida ao supremo, embora do céu eu trouxesse uma parcela, que depositei sobre aquele lençol. Com eles, cometi o sexo dos anjos, embora estivesse ali pelo sexo dos humanos. Que não se tornou divino, já que não consumado. Sobrou um pó de sombra, não pó de calor. Desisti em cinco passos e aspirei um cigarro, pois não me é adequado fumar. Era o término de uma noite de trabalho na terceira esfera. Esforço que não deu em chama que os unisse. Em breve, haveria uma cisão, antecedi o terremoto antes mesmo de ele acontecer. Naquela noite, sonhei que havia acessado o sétimo céu e jamais precisaria voltar.

Sete são os céus, seis são as minhas asas, elas estabelecem o quão alto posso chegar. Estou perto, mas não atravesso. Sou o mais próximo daquilo que é sete e harmonia final, mas não alcanço o que é um fim em si. Seis vestimentas estabelecem o que sei e para onde vou. Minhas prisões, provisões, armas, dons, motores, infernos e salvação. A dos humanos e a minha. Vivo o assumir múltiplo daquilo que é vivo, mas não único. Vocês querem tanto ser únicos. Eu nem sei o que é isso, sou facetado, destrinchado. Caso contrário, teria pouquíssimo poder de ação. Não forjaria destinos nem provocaria as mortes necessárias. Sim, eu não morro, mas provoco mortes (em caso de reclamações ou comentários, dirijam-se ao sétimo céu). Enquanto isso, permaneço incólume, não tenho sangue. E executo a parte que não me toca, mas me pertence. Sou de partículas e camadas sêxtuplas, transitório entre os sonhos e os céus dos homens: o que eles projetam fica pregado nas nuvens. Costumo passar por florestas inteiras de desejos pendurados como móbiles ou frutos verdes, balançantes ou não conforme a hesitação ou a certeza daqueles que os projetaram. Muitas vezes, permanecem ali por milênios como filhos imaginados, mas nunca gerados, resumidos a possibilidades vacilantes em um galho de nuvem.

TER seis asas é estar nu.

Como já disse, nenhum rio corre em mim: de água, de sangue ou de lava. Meu eu de dentro é luminescente, mas seco, uma câmara revestida de pó de ouro compacto, talvez para refletir melhor os matizes ígneos, mantê-los inteiros nas distâncias entre céus. Parece sarcófago de faraó, ainda que minhas raízes culturais sejam distintas das do velho Oriente. Contenho uma abóbada de matéria rígida para preservar as chamas que devem permanecer ilesas.

Ser seco no interno do corpo talvez seja uma condição para o sagrado. Não conheço anjo ou deus que comporte umidades. Para ser anjo tem de ser indiferente, ainda que compassivo. É uma matemática complexa. Ou pensaram que nossa vida, só porque temos certo status, já está com tudo garantido? Para se manter no alto sem despencar é outra história, vocês nem sonham. E transitar entre humanos e divinos atordoa os mais fracos. Já vi anjo cair só de conviver com tamanha discrepância. Para falar a verdade, isso tudo soa um tanto quanto incoerente para nós.

TEMPESTADE solar: uma mancha gigante que deixa o céu em frenesi. O tal fogo que eu disse ser o mais poderoso, principalmente pelo fato de por vocês não ser percebido, só quando já causou seus efeitos. Nessas crises cíclicas, conforme o astro grande gira, são jorradas enormes quantidades de matéria chamuscante, bem na sua direção. O sol é um Nero do céu. Um Nero em grãos dourados. Uma neve reversa, causadora de blecautes nos miolos. Humanos são sóis suspensos sobre tronco e membros. Sóis ambulantes no espaço, nas cidades, nos carros, elevadores. Cheios de vontades esses sóis. Atentos a qualquer disse me disse. Humanos são sóis cáusticos, azedos de humores. Quando sem amor, ainda piores. Insuportáveis em suas tempestades. Como se deuses fossem. Mas têm vísceras. E expelem excrementos. Líquidos de toda sorte que empapam o sistema, inclusive o solar. Resumidos a asteroides, no máximo, têm uma vontade louca de ser astros. Esses mortais.

One two three four!!! Eu passava por ali atraído por uma bola luminosa e flutuante, que depois descobri estar presa por uma corda, os humanos, às centenas, pouco ligavam para a esfera que boiava na noite de acordes básicos. O palco ocupado por um homem de corpo serpenteante, fogo humano, velho e decente. Iggy despedaçou meu planeta preenchido por ar, não por lava transportável. Rasgou aquela superfície luminescente, assim como fazem os deuses. Na minha itinerância, não tenho a mínima vontade de estancar na Terra, mas confesso que quis ser como ele, ao menos para saber diferenciar o real do ilusório. Quem circula entre seis céus não tem esse sentido muito desenvolvido. Não tenho vesícula, então não me dou conta mesmo.

Magda e Glória estavam na plateia, elas não me conheciam, comecei a me aproximar delas naquela época, frequentei porões e decorei nomes de bandas desconhecidas, atravessei galpões de tecidos que teriam feito a alegria de milhares de anjos, até conseguir fornecer o fogo. Elas queriam viver na frequência do destempero. Rosadas e ímpias féminas. Eu achava tudo muito bonito, como se elas refletissem as cores dos seis céus. Essa é a noção mais próxima que tenho dos sentimentos. A mistura de cores é uma noção exclusivamente ideológica, já que não tenho baço. No bar em que a encontrei, Magda se apaixonou por mim. Devolvi com uma carta de texto requentado e ela ainda considerou. Serafins não têm permissão para se apaixonar. Serafins não se envolvem. Há seis regras de ouro para os serafins. Não posso contar para os humanos quais são, apesar de eu já ter deixado escapar algumas delas. Eu apenas forneci o fogo necessário, fremi na delícia daquelas mulheres, inspirei suas exalações como um fumante passivo. Mas fugi rápido quando surgiu uma missão no quinto céu que exigia uma mudança vibracional abrupta.

Verdejadas, elas discutiam sobre folhas e vasos. E sobre filhos não tidos. Disputavam um casaco puído. Foram muitos goles de café na compulsão. Quem não voa, bebe café. É compensatório, só pode ser. Não vejo outra explicação para querer inundar o próprio interior com algo que não seja dourado. Por dentro queriam ser escuras e líquidas. Mas para quê? Tudo bem, não cabe a mim entender. Não tenho saliva, nem pés fixos no chão. Meu fogo ajudou a mantê-las quentes. Éramos um ménage à trois inconsciente, em parte inocente pelo fato de o terceiro elemento ser alado e glorificado. Cumpri meu papel, divino. Auxiliei no que pude, isento de críticas. E me beneficiei até. De maneira estética, pois não tenho sentimentos. Alguns looks de Magda pareciam ter sido feitos exclusivamente para mim. De céu em céu, eu ostentaria horrores caso os vestisse.

Sou especialmente afeito às salas de aparelhos para exames médicos. Um serafim se sente melhor na climatização de ares condicionados, quando em contato com o aço do maquinário examinador das entranhas dos humanos. Como se entre mim e eles houvesse identificação. Preciso ser gélido para manter vivo o calor. Para que o fogo e o movimento sejam precisos quando avaliados. À imagem e semelhança das máquinas. Elas me lembram máscaras mortuárias, tumbas cerimoniais: os tambores de ressonância magnética geram os mesmos efeitos que práticas milenares de alteração da consciência. A tecnologia usada para avaliar a saúde das entranhas aproxima os homens atuais dos ancestrais. Eu, que não pertenço a tempo algum, fico à vontade. Esvoaçante entre as onomatopeias que libertam os espíritos humanos. Há muitas delas em salas de exames aparelhadas. Quase visíveis graficamente sobre os azulejos desinfetados: pum tan pol pá pá pá pá tititi lololololo (repete seis vezes). No tubo, o humano; na veia, o contraste; o coração é acelerado, não se sabe se pelo medicamento injetado ou se por efeito do batuque ritual. Um humano visto em uma tela negra, todo fatiado. Um humano em 2D (visto em 4D), mais transparente do que de costume, corre o risco de descobrir que ama, enquanto no tubo. Um humano de vistas turvas, desembaralhado, com prata líquida nas artérias, mas amando. De avental verde-água nada sexy e tubo emborrachado fincado na veia, mas amando. Sem os piercings, que são proibidos quando se entra no tubo. Provavelmente, trata-se de um não à vaidade para que apenas a verdade prevaleça, como o humano que descobre ter um segundo coração dentro de sua barriga. Como se tivesse engolido um amor em miniatura; ele desceu garganta abaixo e se sentiu protegido em uma casinha que não chega a ser zona esquerda do peito, mas que, ainda assim, é digna. Um coração sem lar melhor, ou melhor, dois corações-criança. Era o que havia dentro de Glória.

SERAFIM reconhece Serafim. O que é uma alegria, mas não andamos juntos, ainda que nos ajudemos. Se andássemos juntos, nos anularíamos em nossas instâncias, por isso se faz necessária certa distância.

Entre nós há quem migre entre os gêneros, como quem voa entre céus. Algo nada incomum neste universo de características múltiplas, embora a mente do homem seja dada a dualismos. O que não deve ser levado em consideração, já que a mente do homem não é fruto do natural, mas obra forçada de um ente pesaroso e apressado.

Fez um circuito de palavras um tal Serafim embutido na Terra. Era dotado de asas conceituais, pois temporariamente estava impedido de voar no nível extrafísico. Ergueu estradas e legados, além de constituir relações eternas entre vírgula, espaço e vogal. Vivia uma existência arco-íris, uma resistência armada contra o que apreendia sexos e vontades. Contra o que imolava, praticou a verbalização. Tudo mudo, tipográfico, eficaz. Arma-palavra era o que carregava em si. Uma chama joia. Reverberante nos matizes dos extremos entre macho e fêmea. Marchava, rei esguio como só Serafim legítimo. Quase morto como só Serafim. Bipolar. Roto e rico. Reinante o seu riso, um rio. Foi homem feito páginas. Na crise constante de ter de adaptar-se à adaptação. Fez livros. Nasceu em capítulos. Foi epistolar. Pulou de maré em cheia. Foi vago, na lua. Caio caiu.

Com Magda, cheguei mais próximo do entendimento do que é morrer. O pai de Magda teve uma morte em pedaços, levado via caixas de correspondência anônimas e despachadas para longe de tempos em tempos, cada uma a conter um pedaço do seu corpo: coração, perna, esqueleto, olho esquerdo. Esquecido do que era pipoca, paralelepípedo, quadrúpede, azedume. Na inocência daquilo que o constituía, ele podia ser arpão ou nuvem no lugar de homem forte da casa, leão solar de terra viva. Aspirador, goteira, vertigem, ele reagia com ações que poderiam significar qualquer coisa além de ser humano vivo de corpo; estava surdo, mudo e cego de narrativa. Deixou traços para Magda, que tentou supor quais palavras estariam neles suspensas, tal e qual roupa no varal. Ela tentava inventar algumas memórias, pois é na lembrança que sobrevivem os mortos, dizem os especialistas. Recolhia migalhas de um pai espalhado no chão da casa feito pó de vaso espatifado. Era um esforço só, diário, para estabelecer algum limite de osso e carne para quem insistia em partir, evaporado de ideias, desistido da vida. A cada dia mais silábico, depois monocórdico, até acabar na total isenção de som. Incapaz de ingerir alimento ou comiseração. Um bebê velho, fadado ao fracasso. Murchou a olhos vistos, amparado por um amor escorrido e, à mesma medida e força, impotente. Foi levado pelos pássaros em um dia do qual ela não se lembra muito bem, só do fato de que nunca mais teria contornos identificáveis, o que ocasionou em si mesma certo desespero.

Com Magda, cheguei mais próximo do entendimento do que é amar. O que exige certa constância, uma existência que engana ser imutável na mutabilidade. Algo que vocês tanto negam em enxergar. Amar exige uns mesmos olhos, umas mesmas pernas, a mesma cara, para então ser algo reconhecido e solidificado. Aliás, que coisa mais louca essa de querer dar um caráter fixo, armado e concreto para sentimento. E não me olhem assim, sou como pedra, pássaro ou goteira. Não tenho relação nenhuma com as histórias desses livros que vocês julgam divinos. Eu não amo. Sou prismático nas seis esferas, jamais permaneceria no extremo de uma dualidade. Eu não me encerraria em uma gaiola. Quando digo que quase entendi o amor, é porque Magda tem em si um pouco desse oco que eu sou. Desse seco que faz o lugar das minhas águas, caso eu fosse humano. Eu e ela passamos a ser semelhantes, unicamente pela nossa capacidade de enriquecimento total e mútuo, cristalino. Eu voei e forjei diferente depois de conhecer Magda. Ela amou e criou diferenças significantes depois de me encontrar. Para que isso seja entendido como amor, é um sopro. Mesmo para mim, que sou alheio às coisas terrenas, embora com elas eu interaja. E não me olhem de novo desse jeito. Amor não é coisa dos céus não, é coisa da Terra. A ponto de resultar em junções carnais e em crimes em geral. [INSTANTE DE REFLEXÃO]

Roma

De Roma

Qui Romam in media quaeris nouus aduena Roma,
Et Romae in Roma nil reperis media,
Aspice murorum moles, praeruptaque saxa,
Obrutaque horrenti uasta theatra situ:
Haec sunt Roma: uiden uelut ipsa cadauera tantae
Vrbis adhuc spirent imperiosa minas?
Vicit ut haec mundum, nisa est se uincere: uicit,
A se non uictum ne quid in orbe foret.
Nunc uicta in Roma uictrix Roma illa sepulta est?
At que eadem uictrix, uictaque Roma fuit.
Albula Romani restat nunc nominis index,
Qui quoque nunc rapidis fertur in aequor aquis.
Disce hinc quid possit fortuna: immota labascunt,
Et quae perpetuo sunt agitata manent.

Sobre Roma

Recém-chegado que, buscando Roma em Roma,
não encontras, em Roma, Roma alguma,
olha, ao redor, muro e mais muro, pedras rotas,
ruínas, que assustam, de um teatro imenso:
é Roma isto que vês – cidade tão soberba,
que ainda exala ameaças seu cadáver.
Vencido o mundo, quis vencer-se e, se vencendo,
para que nada mais seguisse invicto,
jaz, na vencida Roma, Roma, a vencedora,
pois Roma é quem venceu e foi vencida.
Só resta, indício do que já foi Roma, o Tibre:
corrente rápida que corre ao mar.
Assim age a Fortuna: o que há de firme passa
e o que sempre se move permanece.

(JANUS VITALIS. "De Roma". In: ASCHER, Nelson.
Poesia alheia. Rio de Janeiro: Imago, 1998).

Sou de uma força corrida e paralela aos passos. Tanto se passou ao meu lado, dentro e fora, vexames antológicos, o sangue derramado, entornadas as garrafas, as narrativas intrincadas nas ruínas. É uma pele de loba a que me reveste, tocada livremente pelos que vêm a mim, uma gente com sede de experiências internacionais, gastronômicas e históricas, eu ainda tenho que compreender tudo isso enquanto permaneço líquida e sólida, nada recôndita: exposta e ferida é a minha alma de contradições. De déspotas e papas, de sacrilégios incendiários estou é farta. Procurada por farristas e hipócritas, pisoteada em minhas raízes ainda firmes diante da inconstância do homem e de seus princípios de vidro, de adolescentes em hordas bárbaras a não verem nada: enxames incautos. Mas uma moça chamada Glória foi esforçada, uma moça de nome Glória até que se dispôs a vasculhar as minhas carnes – leio as verdades das pessoas pelas solas dos seus pés, ouço revelações sibilantes já que sou a ancestral das pitonisas, confere? –, a pobre Glória procurava paganismos reminiscentes na cristandade dominante. Tive pena de sua investida sensorial frustrada em pleno bagaço de templo Pantheon, ela girava em círculos, cabeça alta e as vistas presas na abóbada, única parte daquela construção-entidade isenta de cruzes. O coral sacro *de 55 abelhinhas primaveris, os jovens excursionistas de 15 anos foram amplificados pela acústica local, isso atrapalhou o mergulho de Glória nos poros abertos dos deuses romanos não convenientes.* No Pantheon, não há mais memória cravada em pedra. As únicas lembranças estão apegadas à atmosfera que se desloca por ali em ondas de turistas e biscates. É como um Mal de Alzheimer a afetar uma construção antiga sobreposta por novos signos, descaracterizada de seus sentidos originais. Numa confusão de dados que não conferem. Como o mar de Donanna, bem no meio de Roma. Trilhões de litros de água salgada concentrados no pátio do casario. Um maremoto nas ideias de Donnana. As ruínas desvinculadas de suas origens sofrem de síndrome arquitetônica de memória esfacelada. O mundo é uma ruína. O mundo é uma ruína sem memória. O mundo é uma ruína sem memória e está dominado.

Sou diariamente pisoteada por milhares de pessoas que me respeitam. Raptada das cinzas, no frêmito que me consagra sagrada vilã. Rudimentar nas calçadas, nos gestuais, nos ares aspirados nas esquinas de putrefação secular escarrada, soo escorregadia nas sílabas que não pronuncio mas *que significo, sou pluridimensionada vila de homens pobres falantes e solo de gemas incontáveis na grandeza, pedra que jaz na profundeza, telúrica ameaça aos calendários sacrossantos que rezam pela minha não rebelião. Caminham por mim à revelia, raptados pelo que a vista oferece de mais barato, paralelos e alheios ao que realmente importa entre ruínas de energia secular amalgamática balsâmica, força akáshika de ditadores, fundos de poços para o desaguar da história, suplementos arqueológicos de grandeza primeira, indiferentes à capacidade humana de compreensão, mesmo que mínima, vazante rasa. Vão de capacetinhos de gesso e esculturas papais de cabeças tom-tom sob molas, esquetes,* **maquetes de um coliseuzinho pro filho botar no berço ou** *a sogra na estante de mogno modular, é ao que se resume hoje a força de uma terra, o magma de uma nação que nunca primou pelo adorno barato e inofensivo conhecido como tolerância. A inclusão de ferros fincados em corpos de um certo tempo e guerras sem reino, todas atos verdadeiros, forçosamente incluídos em lembranças turísticas projetadas na modernidade de pueris escolásticos nada dados à pederastia, o que é uma pena e, com toda sinceridade, nada* **afim com a minha essência. Ralham-me às costas, roubam-me as joias, os gestos, os rastros, o repouso dos meus mortos, ressignificam-me as siglas, as efígies e indumentárias, como senhores, rasgam-me as saias, vertem-me às encostas como raptada e anônima, feita escrava e eleita à lama e ao caos, vilipendiada à alegria de homens de passagem à procura de entretenimento e terras desconhecidas. Ralham-me às alturas, retalham-me as costas suadas na desordem, deitam-se sob as estrelas testemunhas de séculos anteriores e proclamam-se deuses, inconscientes inconstantes da escravatura que lhes aflige karmas e dharmas na rotina dos dias** *de suas cidades-natais longínquas. As faturas de cartões de* crédito e as conversões da moeda local atiçam os chicotes em suas costas de gente de bem trabalhadeira civil, oponentes da gana que move os tiranos e santos, virgens da gana que move tiranos e santos, broxas da gana que move tiranos e santos e faz história. Roteadores de archotes apagados, querem relativizar os archotes alheios em coisa qualquer já que são aspirantes a uma vida plana, massificada rosca de água e sal, ralhada parca carne de sentidos maiores além das necessidades comuns, ribombante de finais de semana às moscas varejeiras zunidas labirínticas enfáticas feiticeiras enviadas por Pentesileia pra que passem do estado de vivos na morte para mortos na morte, única punição justa, talvez, pra quem se presta a algo assim, como duvidar de mim.

Empedernidos, os meus dentes rumo ao azul, meus dentes de pedra mordem as carnes flácidas do firmamento, as carnes flácidas de um sobremundo solto, balão de gás à deriva neste universo ao léu, no qual homens não passam de insetos cósmicos polivalentes vacilantes sobre a chama da fogueira viva, fritinhos da silva, homúnculos tostados sem manteiga pra acompanhar, numa paúra de dar dó, não descem redondo pela goela de nenhum deus ou deva, vocês são muitos na indigestão dos dias, impulsionados ao ar em um movimento de vai e vem, envolvidos em muco e líquidos de desconhecida origem antropológica e semineandertal, viventes sobre a égide da fumaça, impúria precaução, impávido pendão, desesperançados, descabelados, fatídicos na força motriz que leva a lugar nenhum, a não ser a um *centro nervoso que não pertence à terra ou a mais ninguém, reino aquém de quimeras mumificadas à beira do Atlântico.* Guardem seus óculos, pois jazem suas armas no solo esquecidas, nunca feitas para as vítimas, mas para o descaso. Homens, é no vazio onde se originam e também nele o seu destino, nas penúrias extáticas de polêmicas mil, solvem minhas carnes duras em leite e mel loucos de esperança de que a vida fique fácil, incertos se esquartejada ou rarefeita por tantos gestos imperfeitos. Seus atos e passos ditam as minhas rugas. Destemperam as minhas nesgas ríspidas, de olor vegetativo e incólume às duras opressões do mundo, são elas cavernas-moradias do viver soturno transcendental decassílabo flamejante, como as lanças do rapaz louro alado que sai por aí e por lá com pinta de cupido crescido. A última vez que o vi foi em um quadro ou numa câmara de transição entre mundos, até que desaparecesse. Pestilento escolhido, aquele celestino ausente de humanidades e de suas umidades típicas. Eu mordi um olho de céu uma vez, e como resposta, ganhei um, dois, mil raios retilíneos vertebrados, racharam-me ainda mais, empedrada matrona citadina, rúbia rapina e encrenqueira, lanço o sal de minha terra nas quatro direções pra tentar, talvez, estabelecer alguma conexão e fazer sentido pra um mundo em que velhas como eu são reservadas a depósitos, cantos de escada ou ao mutismo.

Dizem ave, dizem salve, resolvem orar em todos os meus cantos aos quais chamam de recônditos da cidade, proclamam-se párocos de seus próprios estômagos e revertérios de vertebrados humanoides cheios de esquistossomoses paroquiais que julgam conseguir aqui a cura, circundados pelas pombas da desordem que formam nuvens sobre cabelos e corpo em desalinho borrado, fezes líquidas como amostra grátis, andam nos desconcertos dos passos na tentativa de alguma iluminação via abóbada celeste e terminam a noite movendo os dedos sob a luz da chama, num teatro de sombras sem salvador. Caem exaustos até a próxima oportunidade de cair de joelhos.

Arquitetônica, sou mentecapta fulana feromônia. Minhas veias tortuosas nas vibrações das vestais. Eu tenho sim visões de outros tempos, sensações antigas, o que ninguém mais teve nem nunca terá. Das vantagens dessa minha formação chamada de ser. Das vantagens dessa minha aglomeração classificada entre urbe e vilarejo. Vivo de desgostos, entre barro e tecnologias. Os sinais de wi-fi me desorientam. A ponto de eu não atinar as ideias. Como nau discursiva em um sarau surrealista. O que é muito pra cabeça de uma cidade antiga. Roubaram-me os trapos, o leite das tetas, mas não o sumo das telas, o que é uma tremenda de uma felicidade. Os museus estão fartos, há dinheiro para o Coliseu e para as refeições do papado geral da nação. De manhã fico impávida de raios solares neste meu corpinho milenar, prego as saias na tarde que decresce e junto os cacos na noite de mar e pingos suspensos. Há tortelinnis nos pratos à mesma medida que boinas nas cabeças dos ermitões, cruzes nas portas, pão para os pombos e voos rasantes de idiomas iletrados na incompreensão dos povos que *só pensam em me dominar, dominar, dominar. Renuncio às dívidas históricas à minha trajetória, implantadas via chips sistêmicos, tais como rotas para automotivos em geral e aparelhos de telefonia celular.*

A mulher de voz fragmentada quis ser minha filha. De vida picotada, os gestos pinceladas curtas, numa frequência de ondas incapazes de serem classificadas como legitimidade e fluência, ela quis despejar em mim seus afluentes de interrupção e desinteresse pelo mundo grande que caminhava ao seu lado, já que ela se fez partida dele, sem conexão com ordem maior, arquétipo, enraizamento ou devir. Obviamente, não reconheci a legitimidade de tal filiação forçada, expulsei-a de minhas carnes pelo fato de, com ela, não conseguir constituir o sentido de terra-mater-fili que me foi dado. Apêndices podem ser ilhas, penínsulas. Jamais integradas a cidades e suas configurações típicas, sejam elas de ordem geológica ou espiritual. Aos que me consideram insensível a uma cria necessitada de mãe, digo apenas que meus afluentes são incapazes de absorver rochedos dotados de uma consciência puramente individualista ou incontinências que apenas jorram necessidades últimas, sem fluir verdades arqueológicas como as que me revestem. É impossível absorver o que não é carne da minha carne, sangue do meu sangue: essência íntima afim, longitudinal, compartilhada.

Eu li as vias, ri das línguas, vi as linhas multiformes que me cobrem, me cobriram e me cobrirão na marcha dos tempos eclesiásticos mesclados a maniqueísmos de machucar calçadas, vielas, partículas minhas encadeadas no ferro, argamassa e trovão, na ciência das donas trovadoras das mil idades, mil cidades ao meu redor, ínfima e esforçada eu avante e à frente, peito erguido na marcha-torvelinho de expectativas extirpadas antes mesmo de ganharem a vida, não sou recheio de sonhozinho pouco ou de vontade pequena não. Aqui é ferro ferro, fogo fogo, quente quente, força magma de realeza ciente de suas potencialidades, viro na esquerda pra mostrar que comigo o bicho pega feio, feito palco de estreia com regente de mais de mil vozes, nada de intimidação ou minimalismos. Minha voz rouca lateja no órgão escuro da terra e retorna num eco sideral, cosmonáutico, reverberático, abundantemente pilantra, no descaramento. Pilastras dos templos perpendiculares como a partitura musical de uma sonata BOMbaTÔMicaBOMbástica. Em resumo: dizem por aí que tenho gênio forte.

Roma rima com.... sfogliatelle, almas abundantes pelas praças transitórias, ramadas de manadas incônscias absortas nas linhas rompidas, olhos pregados nas citações de linguistas polígrafes, operários e maquinários, modelos eretos ruivos, plataformas eclesiásticas de ordens totêmicas, everests enterrados SOB *as passadas grupais ocorridas* SOBRE *a terra, físicos de ordens estéticas distintas, edifícios de ordens estéticas incapacitantes, paredões, rosários, limas, invólucros, rapazes, pelos cacheados, latte, rútilas, pilhas pânicas, minas erráticas, raspas rústicas, evidências, litígios, gargarejos, vibrattos, rompantes, acenos, vazões, píncaros, édipos, idílicos, vozerio pássaro, dona enciumada de ragazza, louros, beiras emplastradas de respingos ressequidos, sacerdotes de saias, rouquidão paroquial, rabisco, vela de aniz,* **louça, caldo, vitela, sofisma, carecas, garçom afeiçoado,** *quepes, ímãs & bibelôs, berinjela ao forno, inscrição, ruptura, lampejo rarefeito, pista panorâmica, sandálias de tiras até o joelho, guia português – inglês – espanhol – ídiche, bandeirola balouçante, ocasião cognitiva, heteronormatividade, tchau, candelabro, goma, valentina, poço.*

É nas paralelas que correm as linhas da minha vida. **Não pela posição geográfica ou arquitetônica das vias, mas** *pela cumplicidade de caminhos que disparam em uma mesma direção para que eu resulte realizada. Como um corpo, o de vocês, é o corpo citadino. Tenho artérias pelas quais passa o sangue, não há diferença. E sou mutante com o passar das eras. Numa referência de tempo e espaço diversa, estendida perto do microtempo vitalício de vocês, mas de forma semelhante: células reorganizadas continuamente entre a morte, a vida e a transformação, adaptações, enxertos e cortes, tudo muito parecido. Exaltação perante sóis e nuvens, recolhimento diante dos massacres ocorridos no meu ventre, dilaceramentos, olhos pelos olhos. Aprendi a ser mãe cautelosa de vísceras desobedientes. Pois não tive filhos, tive entranhas estranhas a mim. Ou como querem que eu chame os déspotas que sobre a minha pele reinaram? Patinaram sobre o magma derramado na condição de organizadores das vontades. Dignos e fiéis aos seus estômagos, de uma beleza paralisante. No dom da oratória, dotados ao extremo. Fetichistas, no carisma de corpos estelares.*

Vaticínios viciantes. Foram e voltaram pelas minhas terras como donos. Mas um dia tombaram, eu persisti. Reclamaram clemências, os inclementes. Esperaram deitados. Abatidos prematuramente os velhos em experiências. Cautelosa, guardei-os em minhas paredes internas. Personalidades grandiosas resumidas a montes de pó. Aceitei a realidade após ser por eles rechaçada. Fui milenar, hercúlea, quase Madalena, abri as pernas para que todos, finalmente, pudessem descansar em paz.

Eu vi gente flanar por aqui. Bater uma asa, fazer um ponto, ostentar um ramo ereto verde, um figurino, lá na minha parte mais alta que é semelhante à omoplata esquerda de vocês, gente bancando a diva, devastando faunas-florestas interiores, deflorando púberes na mendicância de avós e familiares sem brio ou onda batismal sobre a fronte, militantes antipapiro. A atmosfera que me rodeia talvez seja, de toda a terra, a mais mutável e dada a rompimentos, não sei se por obra satírica, sacerdotal ou de carrasco, mas vejam só, numa zona de sagração de todo tipo de ensejo só pode haver alguma esfera nada convencional inerente: é papa, é raio, mordaça, corpo a tiracolo escalpelado nu, gozo imperativo, cinto dourado, vinho arremessado em galões, acúmulo de colunas pretensamente erguidas para toda a eternidade... abuso em forma de pedras quebradas de valor incalculável, fonte de memória arqueológica perecível, cofre a céu aberto, só que sem moeda inscrita e ausente de fenda (esconderijo apropriado para riqueza e relatos de escândalos). Eu me erigi sanguinolenta entre rochas de máter-prima-cidade-anciã. Abri rotinas, vi eras serem inauguradas enquanto piras ritualísticas de gamas e crenças-polipagãs cintilavam aos gritos dos fiéis, o ar preenchido por preces imperceptíveis a ouvidos nus, palavras suprassônicas, verdugos e borrões. Rastros sacros, rostos, nesgas, rugas, decepção, lamúria e decadência. Manifestações com jeito e cara de performance, protestos de primavera, teatro vivo sob o teto do mundo, rapsódias estelares, raptos, criptas da iluminação, meninos iludidos no consagrar de sua energia vital e raptados por puro prazer consentido e pluripecaminoso, santidade rasa, capitalismo abusivo, medalha benta, água-furtada, mármore amolecido em escultura obra-prima a ponto de resultar em tecidos e gestos flutuantes, barbas longevas de conter as histórias de uma morte inteira, corvos, ravinas, grasnadas rubras, gentios da castidade verborrágica às moscas, favas polimórficas. Articulatória, peremptória arteira ave phenix em eterno estado sólido, solidificador, chamuscado, tomo as providências necessárias com meus filhos de outros tempos, dos diferentes tempos contidos em um só, ao que vocês escolhem chamar de tempo presente.

Esta obra foi composta em Arno Pro e
impressa em papel pólen bold 90 g/m² para
Editora Reformatório em março de 2017.